사상의 꽃들 5

반경환 명시감상 9

이 도서의 국립중앙도서관 출판예정도서목록(CIP)은 서지정보유통지원시스템 홈페이지(http://seoji.nl.go.kr)와 국가자료종합목록시스템(http://www.nl.go.kr/kolisnet)에서 이용하실 수 있습니다. (CIP제어번호 : CIP2019017779)

사상의 꽃들 5

반경환 명시감상 9

지혜

저자서문

시인은 꽃을 가져오는 사람이고, 철학자는 사상(정수精髓)을 가져오는 사람이다. 쇼펜하우어는 시와 철학의 상관관계를 매우 정확하게 알고 있었던 세계적인 사상가였다.

시인의 세계는 상상력의 세계이며, 그가 펼쳐 보이는 세계는 아름답고, 신비로우며, 환상적이다. 여기가 아닌 다른 곳, 그 다른 세계로 우리 인간들을 인도하며, 그의 시세계는 활짝 핀 꽃과도 같은 아름다움을 가져다가 준다.

어떤 시인은 살아 있어도 이미 죽은 것이지만, 어떤 시인은 이미 죽었어도 영원히 살아 있는 것이다.

사상은 시의 씨앗이고, 시는 사상의 꽃이다.

이 사상과 시가 있기 때문에 우리 인간들의 삶은 아름답고 행복한 것이다.

『사상의 꽃들』 1, 2, 3, 4권에 이어서 『사상의 꽃들』 5권을 탄생시켜준 백창희, 김수영, 천양희, 함기석, 손

택수, 박은주, 길상호, 윤동주, 김기림, 한용운, 김언, 최서림, 이복규, 구석본, 이상, 전명옥, 김연종, 임덕기, 이영식, 이경림, 현상연, 복효근, 김광규, 이영혜, 백석, 이용악, 강우현, 김준현, 한이나, 김예태, 정현종, 이희은, 유홍준, 이혜선, 김다솜, 이서빈, 임현준, 황지우, 김용택, 안도현, 김은, 송종규, 송찬호, 김지요, 조옥엽, 이문재, 오현정, 정일근, 조영심, 최금녀, 장석주, 도종환, 이순희, 이병연, 이병률, 이국형, 신옥진, 조순희, 박분필, 이화은, 이소연, 반칠환, 김환식, 양선희, 최혜옥 등, 65명의 시인들과 그동안 『반경환 명시감상』을 너무나도 뜨거운 마음으로 사랑해준 독자 여러분들에게 진심으로 감사를 드린다.

좀 더 정확하게 말한다면, 독자 여러분들은 이 책의 저자였고, 나는 독자 여러분들의 시심詩心을 받아 적은 필자에 불과했다.

나는 이 '사상의 꽃들' 5권을 쓰면서, 너무나도 행복했고, 또, 행복했었다.

2019년 봄, '애지愛知의 숲'을 거닐면서…….

차례

6

백창희 김수영

천양희 함기석

손택수 박은주

길상호 윤동주

김기림 한용운

김 언 최서림

이복규 구석본

이 상 전명옥

백창희

세종대왕 가라사대

타임머신 타고 21세기 우리 땅에
행차하신 세종대왕님

백성을 가르치려 만든 바른 소리
잘 쓰고 있나 궁금해
몰래 거리로 나오셨다

거친 말투와 욕설에
얼굴 찌푸리시다
오천만 백성들 손가락에 피어나는
핸드폰 문자꽃 보고
흐뭇한 미소 지으신다

"아래아(ㆍ)가 없어졌다 하여 슬퍼하였거늘
IT 강국 자랑하며 여러 문자를 만들고 있구나!"

전 세계 문자 올림픽에서 당당히

금메달 땄다는 소식 듣고

흡족한 미소로 긴 수염 쓸어내리신다

우리 한국인들의 민족시조는 단군이고, 그 다음, 우리 한국인들의 문화적 영웅은 세종대왕이다. 내가 대통령이라면 개천절을 첫 번째 국경일로 삼고 '개천절 축제'를 일주일 동안 주재할 것이며, 그 다음, 한글절을 두 번째 국경일로 삼고, '한글절 축제'를 일주일 동안 주재할 것이다. 예수탄생일과 석가탄생일은 그 즉시 공휴일에서 제외할 것이며, 3·1절과 광복절과 제헌절은 일제 식민치욕과 관련이 있는 만큼 있어도 좋고 없어도 좋은 그런 기념일로 삼아버릴 것이다.

　　세종대왕의 한글창제는 이 세계에서 가장 뛰어난 문자의 탄생이고, 세계 역사상 최초로 문자를 만든 사람이 존재하는 '세계적인 사건'이라고 할 수가 있다. 대부분의 문자의 역사가 오랜 기간 동안 수많은 사람들의 손에 의해서 갈고 다듬어진 것이지만, 한글만은 세종대왕의 주재 아래, 몇몇의 집현전 학자(한글 학자)

들이 단기간 동안 만들어 공포한 문자라고 할 수가 있다. 한글의 토양은 삼천리 금수강산이며, 한글의 생명은 우리 한국인들의 역사와 전통, 즉, 우리 한국인들의 붉디 붉은 피와 생명이라고 할 수가 있다. 한국어는 살아 숨 쉬는 언어이고, 한자를 비롯한 외국어는 죽은 언어이다.

내가 대통령이라면 해마다 10월 9일, 한글날을 맞이하여 전국민이 참여하는 '한글축제'를 열고, 전세계에 한국어의 우수성을 널리 알리고, 그 언젠가는 국제 공용어가 될 수 있도록 그 초석을 깔아볼 것이다. 한국 문학, 한국철학, 한국역사, 한국예술의 발전에 기여할 것이며, 실제 생활 및 예술에서의 다양한 활용법을 찾아볼 것이다. 외국인 참여 한국어 경연대회, 초, 중고등학교 및 전국민 참여 글짓기 대회, 대한민국문학상과 대한민국학술상, 고대 그리스에서처럼 창작희극 및 연극경연대회, TV 프로그램 및 진행자 상 등을 시상하고, 전국민이 한글축제에 참여하는 것을 최고의 영광으로 삼을 수 있도록 만들 것이다.

우리 한국인들은 한국어 속에서만 한국인일 수가 있고, 한국어는 우리 한국인들의 붉디 붉은 피이며, 생명

이라고 할 수가 있다. 한국어로 말하고, 한국어로 생각하고, 한국어로 꿈꾸고, 한국어로 밥을 먹는다. 한국어를 사랑한다는 것은 자기 자신을 사랑한다는 것이며, 자기 자신을 사랑한다는 것은 우리 한국인들과 우리 대한민국을 사랑한다는 것이다. 한글과 한국인과 대한민국은 셋이 아닌 하나이며, 이 민족정신이 삼천리 금수강산을 가장 아름답고 찬란하게 수 놓을 때, 우리 대한민국은 영원한 제국을 건설하게 되는 것이다.

한글 사랑(모국어 사랑)은 나라 사랑이며, 나랑 사랑은 민족 사랑이고, 민족 사랑은 영원한 제국의 기초가 된다. 한글을 사랑하는 사람 치고 영어와 일본어와 중국어 등 외국어를 남용하는 민족의 반역자와 패륜아는 있을 수가 없으며, 우리는 하루바삐 '한자문화'에 맞서서 '한글문화'를 창출해냈듯이, 이 민족의 반역자와 패륜아들을 대한민국의 정부와 학교와 언론 등에서 척결하지 않으면 안 된다.

「세종대왕 가라사대」, "아래아(ㆍ)가 없어졌다 하여 슬퍼하였거늘/ IT 강국 자랑하며 여러 문자를 만들고 있구나!" "전 세계 문자 올림픽에서 당당히/ 금메달

땄다는 소식 듣고/ 흡족한 미소로 긴 수염 쓸어내리

신다."

김수영

참음은

참음은 어제를 생각하게 하고
어제의 얼음을 생각하게 하고
새로 확장된 서울특별시 동남단 논두렁에
어는 막막한 얼음을 생각하게 하고
그리로 전근을 한 국민학교 선생을 생각하게 하고
그들이 돌아오는 길에 주막거리에서 쉬는 十분 동
안의
지루한 정차를 생각하게 하고
그 주막거리의 이름이 말죽거리라는 것까지도
무료하게 생각하게 하고

奇蹟을 기적으로 울리게 한다
죽은 기적을 산 기적으로 울리게 한다

대기만성大器晚成이라는 말도 있고, 나중에 된 자가 먼저된다라는 말도 있다. 큰 그릇을 만드는 데에도 오랜 시간이 걸리고, 큰 사람이 되는 데에도 오랜 시간이 걸린다. 인생은 마라톤이다라는 말이 있듯이, 가능하면 천천히, 오래 오래 사유를 하면서 단 하나의 목표를 향해 전진해나간다면, 맨 나중에 도착한 사람이 최종적인 승리를 쟁취할 수가 있는 것이다.

플라톤은 그의 이상국가를 건설하기 위하여 세 번이나 죽을 고비를 넘겼지만, 그때마다 모조리 다 실패했다. 30대 중반무렵과 60세 때와 77세 때, 시라쿠사를 방문하고 그때마다 내란음모죄로 투옥을 당했던 것이 그것이다. 부의 공정한 분배와 만인의 행복을 위하여 이상국가를 제시하고, 그 결과, 그는 영원불멸의 금자탑을 쌓았다. 그는 살아 생전 소화불량증 환자였지만, 그러나 '인내의 대가'였다.

디오니소스 철학자 니체 역시도 고통을 긍정하고 우리 인간들의 삶을 찬양했지만, 살아 생전 그의 철학은 문장 연습이 안 된 어릿광대의 그것으로 혹평을 받기도 했다. "나는 너희에게 초인을 가르친다. 인간은 초극되어야 할 그 무엇이다"라고, '신의 죽음'을 선언하고 인간의 삶을 찬양했지만, 그러나 그 역시도 살아 생전 식물인간 취급을 면할 수가 없었다. 니체도 소화불량증 환자였지만, 그러나 '인내의 대가'였다.

이 세상에서 가장 먹기 힘들고 소화하기 힘든 것은 고귀하고 위대한 꿈이며, 이 소화불량증에 대한 특효약은 '인내'일 수밖에 없다. 첫째도 인내이고, 둘째도 인내이고, 셋째도 인내이다. 부의 공정한 분배와 만인이 행복한 사회는 얼마든지 건설할 수도 있고, 비록, 신이 죽었다고 하더라도 우리 인간들은 얼마든지 아름답고 행복한 삶을 향유할 수가 있다.

참음은 어제를 생각하게 하고, 참음은 어제의 얼음을 생각하게 한다. 참음은 서울특별시 동남단 논두렁에 어는 막막한 얼음을 생각하게 하고, 참음은 그리로 전근을 한 국민학교 선생을 생각하게 하고, 참음은 그들이 돌아오는 길에 주막거리에서 쉬는 十분 동안의 지

루한 정차를 생각하게 하고, 참음은 그 주막거리의 이
름이 말죽거리라는 것까지도 무료하게 생각하게 한다.

'혁명은 안 되고 방만을 바꾸었다'고 탄식을 했던 김
수영, 미제국주의를 향하여 '가다오, 나가다오'라고 외
쳤던 김수영, '죽어가는 자기를 바라보는 자기가 아니
라 그 죽음의 실천'을 외쳤던 김수영, 이미 가슴 속에
서 통일된 남북통일을 선언하지도 못하고, 민족주의의
굴레를 벗어나지도 못했던 한국문학의 후진성을 질타
했던 김수영, 모험은 자유의 서술도, 자유의 주장도 아
닌 자유의 이행이라고 역설했던 김수영, 일제식민잔재
와 남북분단과 군사독재 시대에 맞서서 한국문학의 역
사상 보기 드물게 비판철학으로 무장을 하고 '시여, 침
을 뱉어라'라고 역설했던 김수영, '시는 온몸으로 온몸
으로 쓰는 것이다'라고 절규를 하면서 그 어떤 타협도
하지 않고 끝끝내 비명횡사를 당했던 김수영—. 김수
영 시인 역시도 소화불량증 환자였지만, 그러나 '인내
의 대가'였다.

우리 한국인들에게 가장 부족한 것은 '인내'였고, 이
'인내'라는 특효약은 '지혜사랑'을 통해서만 얻을 수가
있는 것이다. 소크라테스와 플라톤과 아리스토텔레스

를 공부하는 데에도 십년은 걸리고, 마르크스와 칸트와 니체를 공부하는 데에도 십년은 걸린다. 호머와 단테와 셰익스피어를 공부하는 데에도 십년은 걸리고, 괴테와 랭보와 보들레르를 공부하는 데에도 십년은 걸린다. 공자와 맹자와 장자를 공부하는 데에도 십년은 걸리고, 기독교와 불교와 유태교를 공부하는 데에도 십년은 걸린다. 지혜사랑은 끝이 없고, '일년이 삼십육 개월'이라고 해도 시간은 턱없이 부족하다. 이처럼 가장 처절하고, 가장 피비린내 나며, 가장 찬란한 인식의 제전의 최종적인 승리자는 모두가 한결같이 '인내의 대가들'뿐이었던 것이다.

단 하나의 목표를 향하여 참고, 또, 참고 견딘다는 것은 최후의 승리자가 되겠다는 것이고, 최후의 승리자가 되겠다는 것은 전인류의 행복을 연출해내겠다는 것이다.

플라톤의 이상국가는 아직까지도 건설되지 않았지만, 그러나 얼마든지 건설할 수 있다. 니체의 이상국가도 건설되지 않았지만, 그러나 얼마든지 건설할 수 있다.

불가능은 없다. 대한민국도 세계 제일의 영원한 제

국이 될 수 있다.

奇蹟을 기적으로 울리게 한다

죽은 기적을 산 기적으로 울리게 한다

천양희
직소포에 들다

폭포소리가 산을 깨운다. 산꿩이 놀라 뛰어오르고
솔방울이 툭, 떨어진다. 다람쥐가 꼬리를 쳐드는데
오솔길이 몰래 환해진다.

와 ! 귀에 익은 명창의 판소리 완창이로구나.

관음산 정상이 바로 눈앞인데
이곳이 정상이란 생각이 든다
피안이 이렇게 가깝다
백색 淨土! 나는 늘 꿈꾸어왔다

무소유로 날아간 무소새들
직소포의 하얀 물방울들, 환한 수궁을.

폭포소리가 계곡을 일으킨다. 천둥소리 같은 우레

같은 기립 박수 소리 같은—
　바위들이 몰래 흔들 한다

　하늘이 바로 눈앞인데
　이곳이 무한천공이란 생각이 든다
　여기 와서 보니
　피안이 이렇게 좋다

　나는 다시 배운다.

　절창의 한 대목, 그의 완창을.

모든 학문의 목표는 사상과 이론의 정립이며, 이 사상과 이론은 새로운 언어와 새로운 세계로 그 모습을 드러낸다. 모든 사건과 사물들을 새로운 언어로 명명하고, 이 새로운 언어에 의해서 새로운 진리가 탄생을 하게 된다. 이미 알고 있거나 친숙한 것은 악이며, 이 낡은 것은 최고의 선이 될 수가 없다. 새롭고 낯선 것만이 최고의 선이며, 언어가 새롭다는 것은 모든 것이 새롭고 신선하다는 것을 뜻한다. 시의 새로움은 두 가지 차원에 걸쳐져 있다. 하나는 형식의 차원이고, 다른 하나는 명인과 명장의 차원이다. 형식의 차원에서의 새로움은 현실주의와 초현실주의, 또는 낭만주의와 상징주의에서처럼, 기존의 질서를 파괴하는 혁명의 차원이고, 명인과 명장의 차원은 기존의 기법을 더욱더 정교하고 세련되게 정식화시키는 것을 말한다. 혁명가는 너무나도 파격적이고, 그 목소리가 거칠 수도 있지

만, 명인과 명장들은 장중하고 울림이 크며, 만인들의 심금을 사로잡는다.

천양희 시인의 「직소포에 들다」는 명인과 명장의 차원에 해당되고, 그의 언어 사용 능력은 한국시문학의 역사상, 대단히 비범하고 탁월하며, 그 어느 누구도 따라올 수 없는 '절창의 경지'라고 하지 않을 수가 없다. 나는 천양희 시인의 「직소포에 들다」를 수없이 되풀이 읽어보면서 '천재란 레오나르도를 두고 하는 말이구나'라고 자기 자신의 붓을 꺾어버린 그의 스승인 베르키오를 떠올려 보지 않을 수가 없었다. 폭포 소리가 산을 깨우고, 산꿩이 놀라 뛰어오른다. 솔방울도 놀라 툭, 떨어지고, 다람쥐가 꼬리를 쳐들자 오솔길이 몰래 환해진다. "와! 귀에 익은 명창의 판소리 완창이로구나"라고 베토벤의 「영웅 탄생」과도 같은 '절창의 한 대목'이 울려 퍼진다.

절창이란 아주 뛰어난 시 작품을 뜻하고, 다른 한편, 아주 뛰어나게 잘 부른 노래를 뜻한다. 도는 가까운 데 있는데, 대부분의 사람들은 도를 먼 곳에서 찾는다. 절창은 관음산 정상에 있는 것도 아니고, 이 세상이 아닌 피안의 세계에 있는 것도 아니다. 절창도 직소

포에 있고, 피안도 직소포에 있고, 백색정토도 직소포에 있다. 피안도 이렇게 가깝고, 백색정토도 이렇게 가깝고, 시인과 직소포도 드디어, 마침내 하나가 된다. 천하가 다 내 것이니 더 이상 탐할 것도 없고, 천하가 다 내 것이니 더 이상 다툴 일도 없다. 무소새들이 무소유로 날아가듯이, 모든 것이 자유롭고, 모든 것이 자유로우니까, 직소포의 하얀 물방울들마저도 환한 수궁水宮을 만든다.

폭포 소리가 계곡을 일으키고, 시인의 언어(노래)가 만물을 깨운다. "천둥소리 같은 우레 같은 기립 박수 소리 같은" 삼중주三重奏에 수천 년 동안 꿈쩍도 하지 않던 바위들이 일어나 춤을 춘다. 절창은 직소포이고, 절창은 시인이다. 절창은 모든 중생을 구원하는 관음(도)이며, 절창은 모든 고민과 고통이 사라진 백색정토이다. 절창은 사랑이며, 절창은 평화이다. 직소포가 하늘이고, 직소포가 피안이다. 시는 이렇게 가까이에 있는 데 대부분의 시인들은 시를 먼 곳에서 찾는다. 시는 폭포 소리가 산을 깨우듯이 오고, 시는 산꿩이 놀라 뛰어오르듯이 온다. 시는 솔방울이 툭, 떨어지듯이 오고, 시는 다람쥐가 꼬리를 쳐들듯이 온다. 시는 오솔

길이 몰래 환해지듯이 오고, 시는 "절창의 한 대목, 그의 완창"처럼 온다.

"나는 다시 배운다." 배우고, 또, 배우면, 호머라는 고산영봉도 별것이 아니고, 배우고, 또, 배우면 셰익스피어라는 고산영봉도 별것이 아니다.

"나는 다시 배운다." 배우고, 또, 배우면, 대영제국도 별것이 아니고, 배우고, 또, 배우면 미제국주의도 별것이 아니다.

천양희 시인의 「직소포에 들다」는 득음의 경지와 득도의 경지를 통해 모든 고민과 고통이 사라진 백색정토, 즉, 극락의 세계에 입문한 것을 뜻하며, 더 이상 비교가 불가능한 '절창의 시학'이라고 할 수가 있다.

오오, 우리 한국인들이여, 언제, 어느 때 그대들은 그대들의 '사대주의事大主義'를 버리고, '독서중심글쓰기교육', 즉, 나의 천재생산의 교수법을 받아들일 것인가?

함기석
첫눈

네가 떠난 밤, 바다는 글자 없은 시집이다

등대는 기린 눈망울을 껌벅이며 애처로이 수평선을
바라보고
누가 맨발로 물 위를 위태롭게 걷는 소리

바람이 어린 삵처럼 방파제를 넘어와 민박집 방문
을 긁어댄다

홑이불 잠을 걷고 문을 열면
첫눈이다 점점이 너의 입술이다 희디흰 숨결들

죽어서 차고 흰 해풍이 된 물고기들, 공중에서 공중
을 놀고

내 영혼은 지금,
천천히 해저로 가라앉는 무쇠 닻

사랑의 입맞은 핏물이 다 빠져나간 짐승의 마른 혈
관이다

해저처럼 외로운 잠
네 알몸처럼 내 살 곁에 누워 바스락거리는 어둠

새벽녘, 먼 지층으로부터 여진처럼 울려오는 찬 물
소리

만일, 인간이 사랑없이 살 수 없는 동물이라면 인간은 애인을 통해서 그 무엇을 보고 생각하고 있는 것일까? 애인이란 이상적인 인간이며, 이 세상에서 가장 아름다운 인간이고, 궁극적으로는 그 어떤 희로애락도 다 함께 할 수 있는 인간이라고 할 수가 있다. 사랑은 이 세상의 찬양자이고, 사랑은 그 어떠한 고통도 물리칠 수 있는 천하무적의 용사이다. 사랑은 모든 기적의 주인공이고, 사랑은 언제, 어느 때나 영원한 청춘이다.

　애인과 함께 있으면 기쁨은 배가 되고, 슬픔은 현저히 줄어든다. 애인과 함께 있으면 고통도 줄어들고, 꿈은 그 키가 무한히 자란다. 애인은 천하장사, 아니, 전지전능하며, 애인만 있다면 그 모든 것을 다 할 수 있다. 사랑의 한탄은 애인을 잃어버린 것에 대한 한탄이며, 이 사랑의 한탄이 치유되지 않으면 우리는 이 세상을 살아갈 수가 없다. 시는 이 한탄의 치료제이며, 이

세상의 삶의 용기를 북돋아주는 강장제이다.

함기석 시인의 「첫눈」은 그 주조음이 '사랑의 한탄'이며, 이 세상을 떠나간 애인에 대한 '연가'라고 할 수가 있다. 유신론자有神論者는 육체와 영혼을 분리하는 심신이원론자인데, 왜냐하면 육체는 소멸할지라도 영혼은 죽지 않기 때문이다. 무신론자無神論者는 육체와 영혼은 하나라고 믿는 심신일원론자인데, 왜냐하면 육체가 소멸하면 영혼도 소멸하기 때문이다. 심신이원론자, 즉, 유신론자들의 육체와 영혼의 분리는 영혼불멸을 통하여 '죽음의 공포'를 극복하고 싶었던 것에 지나지 않는다. 육체는 소멸하고 영혼은 죽지 않는다.

"네가 떠난 밤, 바다는 글자 잃은 시집"이라고 할 때, 너는 나의 육체가 되고, 나는 너의 영혼이 된다. 글자 잃은 시집이 시집일 수가 없듯이, 네가 떠난 나는 온전한 인간(바다)일 수가 없다. "등대는 기린 눈망울을 껌벅이며 애처로이 수평선을 바라"본다는 것은 너에 대한 그리움이 기린 눈망울을 지닌 등대가 되었다는 것을 뜻하고, "누가 맨발로 물 위를 위태롭게 걷는 소리"는 나를 떠난 네가, 죽어서도 죽을 수가 없었다는 것을 뜻한다. 내가 너를 생각하며 기린 눈망울을 지닌 등대가 되었듯이, 나를 떠난 너 역시도 그 바다를 건너와, "어

린 삶처럼 방파제를 넘어와 민박집 방문을 긁어댄다."

　사랑은 천의 얼굴을 지닌 마술사이며, 그 모든 기적을 연출해내는 신이다. "홑이불 잠을 걷고 문을 열면/첫눈이다 점점이 너의 입술이다 희디흰 숨결들"도 나를 떠난 네가 되고, "어린 삶처럼 방파제를 넘어와 민박집 방문을 긁어"대는 바람도 나를 떠난 네가 된다. "죽어서 차고 흰 해풍이 된 물고기들"도 나를 떠난 네가 되고, "해저처럼 외로운 잠/ 네 알몸처럼 내 살 곁에 누워 바스락거리는 어둠"도 나를 떠난 네가 된다. 이에 반하여, 너를 떠나보내고도 너를 떠나보낼 수 없었던 나는 기린 눈망울을 지닌 등대가 되고, 또한 나는 민박집의 비통한 투숙객이 된다. 나는 "홑이불 잠을 걷고" "첫눈"을 너의 "희디흰 숨결"로 인식하는 내가 되고, "죽어서 차고 흰 해풍이 된 물고기들"을 너의 육체로 생각하는 내가 된다. 내 영혼은 천천히 해저로 가라앉는 무쇠 닻이 되고, 나는 해저처럼 외로운 잠을 자며, 네 알몸처럼 내 곁에 어둠을 눕힌다. 사랑만이 위대하고, 사랑만이 또, 위대하다. 영혼과 육체를 분리할 수가 없듯이, 너와 나는 끝끝내 이 세상을 떠나가서도 이처럼 하나가 된다.

　"사랑의 입말은 핏물이 다 빠져나간 짐승의 마른 혈

관이다." 아아, 얼마나 그대를 사랑하고 그리워했으면 핏물이 다 빠져나간 짐승의 마른 혈관처럼 되었던 것이고, 또한, 얼마나 그대를 사랑하고 그리워했으면 "천천히 해저로 가라앉는 무쇠 닻"이 되어 "해저처럼 외로운 잠"을 자면서도 "어둠"을 네 알몸처럼 내 살결에 누이게 되었던 것일까?

사랑의 찬가는 높이 높이 날아오르고, 사랑의 비가는 깊이 깊이 침잠한다.

떠났어도 떠날 수 없었던 사랑과 떠나 보냈어도 떠나 보낼 수 없었던 사랑이 다시 만나 '첫눈'처럼 희디흰 숨결들로 사랑을 나눈다.

문대통령은 대선 때처럼 사드 반대를 하고 우리 민족의 최소한도의 자존심을 지켰어야 했다. 사드 배치는 치명적인 실수가 되고, 남북관계는 더욱더 요원해지고, 그 결과, 대중국 굴욕외교로 나타나게 되었던 것이다. 문대통령은 너무나도 문약하고 필리핀의 두테르테가 왜 위대한지 손톱만큼도 이해하지 못한다. 참으로 너무나도 무능하고 문약한 대통령 때문에 망국의 초고속 열차를 탄 것과도 같다.

손택수
나무 번역가

세계일주여행을 떠난 장 콕토가 바다 한가운데 선상 갑판에서 찰리 채플린을 만난 일이 있는 모양입니다 초면에도 한눈에 상대방을 알아보고 가까이 다가가지만 정작 한 마디 말도 나눌 수가 없었지요 수줍어서? 아닙니다 그냥 서로 말이 통하지 않았던 것입니다 옆에서 보다 못한 채플린의 부인이 통역을 자청하고 나섰는데, 이때 채플린이 조용히 부인을 가로막습니다 통역이 되지 않는 상황, 한 마디 말도 주고받을 수 없는 이 순간이 오히려 그들을 더 간절하게 한다고, 말로 이 짧은 순간의 감동을 가로막지 말라고

시를 쓴답시고 나무들의 말을 번역하려 하였으나 오역 투성이에 지나지 않았습니다 잘 알지도 못하는 식물사전을 펼쳐놓고 횡설수설 했지요 부끄러운 줄도 모르고 어느 도서관에서는 식물과 인문학 특강도 했지요

왜 그랬을까요 잠시만이라도 말을 멈춘 채 나무와 저
사이의 침묵에 골똘해지는 편이 나았을 텐데 말입니다
도무지 번역이 되지를 않는, 말이 멎은 자리에서 생겨
나는 몸짓과 눈빛과 숨결을 온전히 느끼는 것만으로도
충분했을 텐데 말입니다 이것이 어디 나무와 저의 관
계 뿐이겠습니까만은

찰리 채플린은 1889년 영국에서 태어나 1977년 사망한 영화배우였다. 그는 지극히도 불우했던 어린 시절의 환경을 극복하고 20대 초반에 세계적인 배우로서 이름을 얻었고, 자기 자신만의 캐릭터인 '리틀 트램프'는 지금까지 어느 누구도 흉내낼 수 없는 독보적인 캐릭터라고 할 수가 있다. 극본 찰리 채플린, 연출 찰리 채플린, 감독 찰리 채플린, 주연배우 찰리 채플린의 무성영화는 그의 천재성의 보증수표이자 영원불멸의 걸작품이라고 할 수가 있다. 장 콕토는 1889년 프랑스에서 태어나 1963년 심장마비로 사망한 시인이자 극작가이며, 화가이자 영화감독이기도 한 세계적인 예술가였다. 1909년 19살 때 그의 첫 시집인『알라딘 램프』를 출간했고, 20살 때 두 번째 시집인『경박한 왕자』를 출간하여 문단에 그 이름을 알렸고, 1929년에는『무서운 아이들』을 출간하여 그의 이름을 전세계에 알리게

되었다. 『시인의 피』와 『오르페』는 상징적 이미지와 시적인 대사가 돋보이는 작품들이며, 그는 초현실주의의 대가로서 프랑스의 자랑이라고 할 수가 있다.

학교는 공부하는 곳이 아니라는 말이 있다. 학교는 고귀하고 위대한 스승 밑에서 그 스승의 말과 행동을 지켜보며, 그 스승의 고귀함과 위대함을 깨닫는 곳이라고 할 수가 있다. 고귀하고 위대한 스승의 백만 촉광의 눈동자와 금성철벽마저도 꿰뚫을 듯한 목소리와, 그리고 그 무엇 하나 망설일 것이 없는 대범한 행동 등은 미래의 고귀하고 위대한 인물들에게는 가뭄 끝의 단비와도 같은 깨달음을 가르쳐 줄 수도 있을 것이다. 천재는 남녀노소의 차별도 없고, 천재는 인종과 종교와 그 어떠한 문화적 장벽도 없다. 천재를 알아보는 것도 천재이고, 천재를 사랑하는 것도 천재이다. 장 콕토와 찰리 채플린은 동년배이자 조숙한 천재였으며, 그 천재의 새싹을 세계적인 사건으로 연출해낸 문화적 영웅들이기도 했던 것이다. 자기 자신의 극본을 쓴 것도 그들이었고, 자기 자신의 작품을 연출해낸 것도 그들이었다. 자기 자신의 작품의 주연 배우도 그들이었고, 자기 자신들이 출연한 작품의 감독도 그들이었다. 그

들은 모두가 다같이 모노드라마의 주인공이자 모든 인류의 행복의 연주자이기도 했던 것이다. 장 콕토와 찰리 채플린의 만남—, 이 우연한 만남에는 언어라는 장벽도 아무런 소용이 없었고, 오직 서로가 서로의 위대함의 체취를 맡고, 그 위대함에 무한한 경이를 표하는 전율과 감동의 시간만이 필요했던 것이다. 요컨대 한마디 말도 주고 받을 수 없는 순간, 즉, 그 짧은 순간의 감동이 더 소중했던 것이며, 최종심급은 위대함과 위대함의 대화이었던 것이다.

말이 필요 없는 위대함, 통역이 필요 없는 위대함, 침묵보다도 더 깊은 침묵으로 위대함과 대화를 나누는 위대함—. 위대함이란 무한히 크고 장대하며, 전인류의 자랑인 거목을 뜻한다. 손택수 시인은 우리 한국인으로서는 보기 드물게 위대함의 역사 철학적인 의미를 꿰뚫고 있는 인식의 눈을 지녔으며, 찰리 채플린이 그랬던 것처럼 최악의 조건을 극복하고 제일급의 시인으로 거듭난 인물이라고 할 수가 있다. 그의 『나무의 수사학』은 대단히 아름답고 뛰어난 시집이지만, 그러나 나무를 인간화시켜서, 나무의 심리와 생리와 그 고통을 사회화시킨다는 것은 거의 불가능한 일에 가깝다고 하지 않을

수가 없다. 그의 『나무의 수사학』은 불가능에의 도전이며, 미완의 시집이고, 그 미완의 시집으로서는 기념비적인 시집이라고 할 수가 있다. 「나무 번역가」는 그 회한과 반성의 시이며, 인간과 나무와의 마주봄의 대화를 꿈꾸고 있는 시라고 할 수가 있다. 말도 필요없고, 식물사전도 필요없다. 오역도 필요없고, 횡설수설도 필요없다. "말이 멎은 자리에서 생겨나는 몸짓과 눈빛과 숨결을 온전히 느끼는 것만으로도 충분"했던 것이다.

나무도 키가 크고 나무의 몸집이 하늘기둥이 된다. 시인도 키가 크고, 시인의 몸집도 하늘기둥이 된다. 이 세상에는 위대함처럼 키가 크고 그 몸집이 장대한 것도 없다. 위대함은 아름답고 장대한 것을 말하고, 위대함은 만국의 공통언어이다.

위대함을 아는 자는 이 세상을 중상모략하고 비방하기에 앞서서 무한한 존경과 경의를 표하는 자이다. 무한한 존경과 경의를 표하는 자만이 한 걸음, 한 걸음 그 위대함의 크기로 자라나게 된다.

오오, 우리 한국인들이여!

부디, 제발, 위대함 앞에서 무한한 존경과 경의를 표하는 법부터 배우기를 바란다.

박은주

방아쇠를 당기는 아침

아침 여섯시
낯익은 탄환이 장전된다
어제와 같은 과녁을 향해 총구가 세워지고
용수철 따라 화약을 토하는 눈알
침대 아래 구겨진 그림자가
발바닥까지 기어 나오면
비로소 사람처럼 일어선다

머리에 방아쇠를 당기는 상상
밑바닥에 깔린 온기를 긁어모아
이를 악물고
이제 내게 복수해야 할 시간
태어난 죄를 묻고
너의 거짓말을 믿은 죄를 심판하려고

신호가 울리면
숨을 깊이 마시고
어깨를 단정히 하고
아침마다 방아쇠를 당긴다

박은주 시인의 「방아쇠를 당기는 아침」은 임전무퇴
의 소산이며, 제일급의 저격수의 걸작품이라고 할 수
가 있다. 방아쇠는 총알을 장전하고 총알을 쏠 수 있
는 장치이며, 따라서 방아쇠를 당긴다는 것은 누군가
를 향하여 무차별적으로 총을 쏜다는 것을 뜻한다. 총
을 쏜다는 것은 타인의 생명을 빼앗는다는 것이며, 타
인의 생명을 빼앗지 않으면 내가 살해당할 것이라는 사
실을 뜻한다. 총을 쏘고 총을 맞는다는 것, 비로소 이
것이 생존경쟁의 진면목이며, 모든 생존경쟁은 '제로
섬 게임'이라고 할 수가 있다. 「방아쇠를 당기는 아침」
은 임전무퇴의 아침이며, 그만큼 살기가 가득차고 피
가 튀는 저격수의 아침이라고 할 수가 있다.

　　"아침 여섯시/ 낯익은 탄환이 장전된다"는 것은 그가
출근 준비를 한다는 것을 뜻하고, "어제와 같은 과녁
을 향해 총구가 세워"진다는 것은 어제와 똑같은 일과

가 기다리고 있다는 것을 뜻한다. "용수철 따라 화약을 토하는 눈알"은 용수철의 힘에 따라서 화약을 터뜨려야 한다는 것을 뜻하고, "침대 아래 구겨진 그림자가/ 발바닥까지 기어 나오면/ 비로소 사람처럼 일어선다" 는 것은 나는 나의 그림자에 불과하다는 것을 뜻한다. 다시 말해서, 나는 출근하기 싫고 그 어떤 싸움도 싫어하지만, 그러나 나는 타인의 명령에 복종하지 않으면 안 된다. 나는 타인의 명령에 복종하는 사람이며, 타인의 명령에 따라서 방아쇠를 당기지 않으면 안 된다.

　나는 나의 주인이 되고 싶지만, 그러나 그림자는 그 주인이 되고 싶은 나를 감시한다. 나는 내 속의 타자, 즉, 그림자를 한 방에 쏘아죽이고 싶지만, 그러나 내 "머리에 방아쇠를 당기는 상상"만으로 그 살해욕망을 잠 재운다. 왜냐하면 내가 내 머리에 방아쇠를 당기는 상상의 시간은 "밑바닥에 깔린 온기를 긁어모아/ 이를 악물고/ 이제 내게 복수해야 할 시간/ 태어난 죄를 묻고/ 너의 거짓말을 믿은 죄를 심판"하고 싶은 시간에 지나지 않기 때문이다. 내가 나의 주인이 되고, 내가 나의 일을 통하여 그 모든 것을 다스리고 싶었지만, 그러나 그 꿈의 실현은 영원히 가능하지 않게 된 것이다.

나는 타자, 즉, 악마에게 나의 영혼을 팔았고, 그 영혼을 팔아버린 대가로 저격수의 삶을 살아가고 있는 것이다. 거짓말로 숨쉬고, 거짓말로 밥을 먹는다. 이 후회와 자책감이 "이를 악물고/ 이제 내게 복수해야 할 시간/ 태어난 죄를 묻고/ 너의 거짓말을 믿은 죄를 심판"하려고 하지만, 그러나 어느덧 출근시간이 되면 곱디 곱게 단장을 하고, 내가 나의 주인이 되고 싶은 욕망과 타자의 노예가 된 나를 살해하고 싶은 욕망을 잠재우고 일터로 나가게 된다.

방아쇠를 당기는 아침이다. 나도 총을 쏘고, 너도 총을 쏜다.

모든 일터는 전장이며, 우리는 모두가 다같이 저격수의 삶을 살아간다.

나는 총을 쏘는 사수이면서도 총알을 맞은 희생자이기도 한 것이다.

이 세상의 모든 싸움은 밥그릇 싸움이고, 이 밥그릇 싸움에서 총성이 울려퍼지고 시체가 즐비하게 된다. 밥그릇의 권력, 밥그릇의 명예, 밥그릇의 돈, 밥그릇의 육탄전, 밥그릇의 핵전쟁, 밥그릇의 논쟁, 밥그릇의

발차기, 밥그릇의 배신, 밥그릇의 안면몰수, 밥그릇의 십자가, 밥그릇의 고문, 밥그릇의 전쟁, 밥그릇의 살인, 밥그릇의 음모, 밥그릇의 사랑, 밥그릇의 자비—. 요컨대 밥그릇은 밤하늘의 별보다도 더 많고, 밥그릇은 그 어떤 우주보다도 더 많은 생명들을 품어 기른다.

밥그릇이 방아쇠를 당기게 하고, 방아쇠가 밥그릇을 사수하게 만든다.

길상호

덤

감자 한 바구니를 사는데

몇 알 더 얹어주며 덤이라 했다

모두 멍들고 긁힌 것들이었다

허기와 친해진지 오래인 혼자만의 집,

이 중 몇 개는 냉장고 안에서 오래 썩어가겠구나 생
각하는

조금은 비관적인 저녁이었다

덤은 무덤의 줄임말일지도 모른다고

썩어가기 위해 태어난 감자처럼 웅크리며 걸었다

하긴 평균연령 40세를 넘지 못하던 시대가

바로 얼마 전이었다는데

나는 지금 덤으로 살고 있는 것

아니지 덤으로 썩고 있는 것

상처를 모르는 철없는 싹처럼

노을 뒤에서 별 하나가 겨우 돋았다

덤으로 받아든 감자 몇 알이
추가된 삶의 과제처럼 무거운 길,
한 번도 불을 켜고 기다린 적 없는 집은
오늘도 무덤처럼 조용하기만 했다

덤이란 물건을 살 때 제 값어치의 물건 이외에 다른 물건을 조금 더 얹어주는 것을 말하지만, 그러나 덤이란 있어도 그만이고, 없어도 그만인 물건에 지나지 않는 것을 말한다. 주전에서 밀려난 후보 선수도 있고, 영원히 제 앞가림을 하기 힘든 불구의 사람도 있다. 이미 젊은 나이에 모든 꿈을 다 잃어버린 사람도 있고, 이 세상에서 이미 할 일을 다 마치고 오직 자나깨나 죽기만을 기다리는 노인도 있다. 만년 후보 선수, 노인과 병약자, 꿈을 잃어버린 사람, 잉여물건, 불량상품 등이 그 덤에 지나지 않는 것이라면 덤이란 그야말로 쓸모없는 존재에 지나지 않는다.

길상호 시인의 「덤」은 '덤의 존재론'이자 '덤의 사회학'이라고 할 수가 있다. 시인은 감자 한 바구니를 사면서, 몇 알 더 얹어준 감자를 바라보며 그의 깊이 있는 사유를 펼쳐나간다. 그 감자들은 모두가 멍들고 굵

힌 것들이며, 따라서 곧바로 먹지 않으면 철없이 싹을 틔우거나 이내 썩어갈 감자에 지나지 않는다. 이 멍들고 곪힌 감자들은 허기와 친해져서 혼자 살고 있는 자기 자신의 모습과도 똑같아 보이고, 따라서 그의 사유들은 더욱더 자조적이면서도 비관적으로 빠져들게 된다. 그는 언어에 생명을 부여하는 시인답게 "덤은 무덤의 줄임말"로 생각하게 되고, "한 번도 불을 켜고 기다린 적 없는 집은/ 오늘도 무덤처럼 조용하기만" 하다고 중얼거리게 된다.

덤은 무덤의 줄임말이고, 그의 집은 무덤과도 같다. 어떤 자는 문화적 영웅으로서 최고급의 명예와 명성 속에서 살아가고, 어떤 자는 태어나면서부터 이미 썩어가기 위해 태어난 덤과도 같은 인생을 살아간다. 고귀하고 위대한 인물들은 늘, 항상 자기 자신보다도 더 고귀하고 위대한 사람들을 찬양하며 그들의 경지까지 자기 자신을 끌어올려가며 살아가지만, 흙수저를 입에 물고 태어난 이 세상의 어중이 떠중이들은 자기 자신보다 더 슬프고 더 고통스러웠던 사람들을 생각하며 살아간다. 바로 얼마 전까지는 평균 연령 40세를 넘기지 못했지만, 나는 이미 40세를 넘겼다는 것, 40세를

넘긴 나는 곧바로 썩어가기 위해 덤으로 살고 있다는 것, 앞으로도 "노을 뒤에서 별 하나가 겨우 돋"듯이 철 없는 싹이나 틔우다가 그 결실을 보지 못하고 죽어간 다는 것, 바로 이것이 길상호 시인의 '덤의 존재론'이자 '덤의 사회학'이라고 할 수가 있다.

있어도 그만이고 없어도 그만인 존재, 상처가 없어 도 그만이고 병이 들었어도 그만인 존재, 혼자 살다가 혼자 죽어가는 존재, 허기와 친해져서 등 따뜻하고 배 부른 것이 무엇인지도 모르는 존재, 고귀하고 위대한 문화적 영웅도 모르고 가장 화려하고 가장 찬란한 것 이 무엇인지도 모르는 존재, 만년 후보선수로서 조용 히 무덤 속으로 순장해 들어가기 위해 태어난 존재—. 아아, 따지고 보면 이 세상에서 덤처럼 슬프고 덤처럼 처량한 존재도 없는 것 같다. 쇼펜하우어의 염세주의 는 이처럼 '덤의 존재론'과 '덤의 사회학'을 역설하고 있 었던 것인지도 모른다.

하지만, 그러나 오늘날 '덤'의 문제는 주전 선수와 후 보 선수, 고귀한 인물과 비천한 인물, 명품과 불량품 의 문제가 아니라고 생각된다. 너도 덤이고, 나도 덤이 고, 우리들의 아버지도 덤이다. 스승도 덤이고, 부처

도 덤이고, 예수도 덤이다. 자본주의 사회는 돈을 찍고, 또 돈을 찍으며, 그 모든 것을 싸구려 상품으로 만들어 놓는다. 부자도 넘쳐나고, 가난한 자도 넘쳐나고, 미인도 넘쳐나고, 미남도 넘쳐난다. 명품도 넘쳐나고, 불량품도 넘쳐나고, 천재도 넘쳐나고, 둔재도 넘쳐난다. 대량생산과 대량소비의 구조는 모든 인간들을 덤 같은 인간으로 만들고, 따라서 인간에서 인간성을 모조리 제거해버린다.

산업로봇, 인공로봇, 감정로봇 등, 이 4차산업의 기수들이 모든 인간들을 잉여인간으로 만들고, 영원한 덤같은 인생으로서 썩어가게 만들고 있는 것인지도 모른다.

한 살에서 열네 살까지의 어린 인간보다도 65세 이상의 노인들이 더 많다고 한다. 이 모든 노인들이 수많은 복지비용을 다 집어삼키고, 출산장려정책을 쓰지 못하게 만들고 있는 것이다.

덤 앞에서는 만인이 평등하고, 어느 누구도 예외없이 썩어간다.

윤동주
별 헤는 밤

계절이 지나가는 하늘에는
가을로 가득 차있습니다

나는 아무 걱정도 없이
가을 속의 별들을 다 헤일 듯 합니다

가슴속에 하나 둘 새겨지는 별을
이제 다 못 헤는 것은
쉬이 아침이 오는 까닭이요
내일 밤이 남은 까닭이요
아직 나의 청춘이 다하지 않은 까닭입니다

별 하나에 추억과
별 하나에 사랑과
별 하나에 쓸쓸함과

별 하나에 동경과

별 하나에 시와

별 하나에 어머니, 어머니

어머님, 나는 별 하나에 아름다운 말 한 마디씩 불러 봅니다 소학교 때 책상을 같이 했던 아이들의 이름과, 패, 경, 옥 이런 이국 소녀들의 이름과, 벌써 애기 어머니 된 계집애들의 이름과, 가난한 이웃 사람들의 이름과 비둘기, 강아지, 토끼, 노새, 노루, 프랑시스 잠, 라이너 마리아 릴케 이런 시인의 이름을 불러 봅니다

이네들은 너무나 멀리 있습니다

별이 아스라이 멀 듯이

어머님

그리고 당신은 멀리 북간도에 계십니다

나는 무엇인지 그리워

이 많은 별 빛이 나린 언덕 위에

내 이름자를 써 보고

흙으로 덮어 버리었습니다

딴은 밤을 새워 우는 벌레는
부끄러운 이름을 슬퍼하는 까닭입니다

그러나 겨울이 지나고 나의 별에도 봄이 오면
무덤 위에 파란 잔디가 피어나 듯이
내 이름자 묻힌 언덕 우에도
자랑처럼 풀이 무성할 게외다

맑고 푸른 하늘에는 가을이 가득 차 있고, 나는 아무런 걱정없이 밤 하늘의 별들을 다 헤일 듯이 바라다 본다. 하지만, 그러나 "가슴속에 하나 둘 새겨지는 별을" 다 헤아려 보지는 못하는데, 첫 번째는 쉬이 아침이 오기 때문이고, 두 번째는 내일의 아침이 남아 있기 때문이며, 마지막으로 세 번째는 아직 나의 청춘이 남아 있기 때문이다. 밤 하늘의 별들을 다 헤아리기에는 너무나도 밤이 짧지만, 그러나 수많은 밤들과 아직 나에게는 젊디 젊은 청춘이 있기 때문에 그 아쉬움을 달랠 수가 있는 것이다. 젊다는 것은 재산 중의 재산이며, 이 부의 건강함으로 "별 하나에 추억과/ 별 하나에 사랑과/ 별 하나에 쓸쓸함과/ 별 하나에 동경과/ 별 하나에 시와/ 별 하나에 어머니, 어머니"라는 시구에서처럼, 시인의 가장 소중한 삶의 세목들을 대입시켜 보게 된다. 별 하나에는 나의 추억이 담겨 있고, 별 하나에는

나의 사랑이 담겨 있다. 별 하나에는 나의 쓸쓸함이 담겨 있고, 별 하나에는 나의 동경이 담겨 있다. 별 하나에는 나의 시가 담겨 있고, 별 하나에는 나의 어머니가 살고 있다. 밤 하늘은 윤동주 시인의 보물창고이며, 수많은 별들은 그 보물들의 서랍장이라고 할 수가 있다.

시인은 이 세상에서 가장 아름답고 행복한 인간이며, 이 세상의 행복의 전도사라고 할 수가 있다. 시인은 인간 찬양과 인간 위로의 대가이며, 그 어떠한 슬픔과 고통마저도 그의 발목을 붙잡지는 못한다. "어머님, 나는 별 하나에 아름다운 말 한 마디씩 불러봅니다 소학교 때 책상을 같이 했던 아이들의 이름과, 패, 경, 옥 이런 이국 소녀들의 이름과, 벌써 애기 어머니 된 계집애들의 이름과, 가난한 이웃 사람들의 이름과 비둘기, 강아지, 토끼, 노새, 노루, 프랑시스 잠, 라이너 마리아 릴케 이런 시인의 이름을 불러 봅니다"라는 시구가 바로 그 증거이며, 이 말들의 향연처럼 밤 하늘의 별들이 그 등불을 켜고 있는 것이다. 어머님이라는 말도 반짝이고, 패, 경, 옥이라는 이국 소녀들의 이름도 반짝인다. 벌써 애기 어머니 된 계집애들의 이름도 반짝이고, 가난한 이웃 사람들의 이름과 비둘기, 강아지,

토끼, 노새, 노루 등의 이름도 반짝인다. 프랑시스 잠의 이름도 반짝이고, 라이너 마리아 릴케의 이름도 반짝인다. 말은 밤 하늘의 별들이 되고, 밤하늘의 별들은 가족공동체와 시민공동체와 국가공동체, 아니, 우주적인 공동체로서 그리움의 감정으로 그 불빛들을 반짝이게 한다. 그리움은 사랑이 되고, 사랑은 저마다의 자유와 평화로 행복의 씨앗이 된다.

하지만, 그러나 아스라이 멀 듯이 너무나도 멀리 있는 별들, 멀리 북간도에 계시는 어머님—, 나는 당신들이 너무나도 그리워 "이 많은 별 빛이 나린 언덕 위에/ 내 이름자를 써 보고/ 흙으로 덮어"버린다. 언제, 어느 때나, 늘, 당신들 곁에서 당신들과 함께 살고 싶지만, 그러나 시인의 현실은 그것을 용납하지 않는다. 나의 이름은 부끄러운 이름이며, 어느덧 나는 「별을 헤는 밤」에 밤을 새워 슬피 우는 벌레가 된다. "그러나 겨울이 지나고 나의 별에도 봄이 오면/ 무덤 위에 파란 잔디가 피어나 듯이/ 내 이름자 묻힌 언덕 우에도/ 자랑처럼 풀이 무성할" 것이다. 나도 별이 되고, 너도 별이 되고, 우리들은 모두가 다같이 별이 된다. 나의 부끄러움도 풀이 되고, 그 풀섶에는 수많은 당신들처럼

풀벌레가 슬피운다.

밤 하늘의 별을 헤는 자는 티없이 맑고 깨끗한 시인이다. 부끄러움으로 자기 자신의 몸과 마음을 씻고, 수많은 당신들인 별들을 사랑하기 때문에 오늘도 슬피운다.

미래의 희망인 슬픔, 낙천주의자의 기쁨인 슬픔, 모든 인간들의 사랑인 슬픔이 너와 나의 마음을 씻어주며, 더욱더 맑고 깨끗한 마음으로 그 모든 것을 사랑하게 만든다.

윤동주 시인의 「별 헤는 밤」은 최고급의 행복의 표상이며, 우주적인 멋진 숨쉬기라고 하지 않을 수가 없다.

범죄인을 더없이 미화시키고 범죄인을 더없이 숭배하는 나라가 있다. 사면권을 통하여 사법질서를 유린한 민족의 반역자들이 국립현충원을 장악하고 있는 것이다. 우리 정치인들이 국립현충원을 찾아간다는 것은 더 많은 죄를 짓고 더욱더 뻔뻔스럽게 살게 해달라고 기도하는 것과도 조금도 다를 것이 없다.

내가 대통령이라면 절대로 사면하지 않을 것이며, 모범시민의 국가를 만들 것이다.

김기림
길

나의 소년시절은 은銀빛 바다가 엿보이는 그 긴 언덕길을 어머니의 상여喪輿와 함께 꼬부라져 돌아갔다.

내 첫사랑도 그 길 위에서 조약돌처럼 집었다가 조약돌처럼 잃어버렸다.

그래서 나는 푸른 하늘빛에 호져 때없이 그 길을 넘어 강江가로 내려갔다가도 노을에 함북 자주빛으로 젖어서 돌아오곤 했다.

그 강가에는 봄이, 여름이, 가을이, 겨울이 나의 나이와 함께 여러 번 댕겨갔다. 까마귀도 날아가고 두루미도 떠나간 다음에는 누런 모래둔과 그리고 어두운 내 마음이 남아서 몸서리쳤다. 그런 날은 항용 감기를 만나서 돌아와 앓았다.

할아버지도 언제 난지를 모른다는 마을 밖 그 늙은 버드나무 밑에서 나는 지금도 돌아오지 않는 어머니, 돌아오지 않는 계집애, 돌아오지 않는 이야기가 돌아올 것만 같아 멍하니 기다려 본다. 그러면 어느새 어둠이 기어와서 내 뺨의 얼룩을 씻어 준다.

인생도 길이고, 삶도 길이고, 그 삶을 살아가는 방법도 길이다. 실핏줄도 길이고, 대동맥도 길이고, 목구멍도 길이다. 강도 길이고, 바다도 길이고, 바람도 길이다. 태양도 길이고, 달도 길이고, 별도 길이다. 모든 것은 길로 통하고, 길이 없으면 이 세상의 삶도 끝장이 난다. 길은 입구이고, 정거장이고, 길은 퇴로이고, 출구이다.

　김기림 시인의 「길」은 한이 맺힌 길이며, 그리움의 길이고, 지금도 걷고 있으며, 앞으로도 걸아가야만 할 길이다. 한이란 쓰디 쓴 좌절과 그 아픔에 맞닿아 있고, 그리움이란 한 이전에 온전한 대상에 맞닿아 있다. 어머니의 상여가 나갔던 길, 조약돌처럼 집었다가 조약돌처럼 잃어버렸던 첫사랑의 길, 어머니와 첫사랑을 잊지 못해서 그 강가로 내려갔다가 노을에 자주빛으로 젖어서 돌아왔던 길, 그후, 나의 나이와 함께, 봄, 여

름, 가을, 겨울이 여러번 다녀가고, 까마귀도 날아가고 두루미도 떠나갔던 길—.

강물은 역류하지 않으며, 시간은 되돌아오지 않는다. 시간과 함께 한이 쌓이면 그리움이 자라난다. 이 그리움이 더욱더 자라나면 되돌릴 수 없는 것을 되돌리려고 방황을 하게 되지만, 그러나 끝끝내 그 주체자의 상처만이 더욱더 깊어진다. "그 강가에는 봄이, 여름이, 가을이, 겨울이 나의 나이와 함께 여러 번 댕겨갔다. 까마귀도 날아가고 두루미도 떠나간 다음에는 누런 모래둔과 그리고 어두운 내 마음이 남아서 몸서리쳤다"라는 시구에는 얼마나 크나큰 한이 맺혀 있는 것이고, "그런 날은 항용 감기를 만나서 돌아와 앓았다"라는 시구에는 또한 얼마나 크나큰 한이 맺혀 있는 것이란 말인가?

길은 한으로 시작해서 그리움으로 흐르고, 길은 그리움으로 흐르면서 한으로 끝을 맺는다. 어머니도 다시 만날 수 없고, 첫사랑도 다시 만날 수 없다. 할아버지도 다시 만날 수 없고, 고향도 다시 갈 수가 없다. "나는 지금도 돌아오지 않는 어머니, 돌아오지 않는 계집애, 돌아오지 않는 이야기가 돌아올 것만 같아 멍하

니 기다려" 보지만, 내 뺨에 눈물만 흐를 뿐, 모두가 다같이 도로아미타불의 이야기에 지나지 않는다. 어머니, 첫사랑, 할아버지, 고향으로 가는 길은 모두가 이데아(본질)이며, 하나의 허구이며, 환영에 지나지 않는다. 태어남 자체가 이데아의 상실이며, 한은 선험적 이데아 상실의 구체적인 증거라고 할 수가 있다.

길은 한이고, 그리움이며, 길은 감기이고, 내 뺨의 얼룩(눈물)이다.

길이 길을 낳고, 길이 길의 멱살을 움켜잡고 피투성이가 되도록 싸우지만, 어느 길도 참다운 길일 수가 없다.

길은 있지만, 그러나 모든 길은 이데아로 이어지지 않는다.

검찰이 잘못했으면 검찰을 바로 잡으면 되고, 국정원이 잘못했으면 국정원을 바로 잡으면 된다. 왜, 그 엄청난 시간과 돈을 들여서 새로운 부처를 만들고, 다음 정권이 들어서면 그 부처를 없애는 인간 말종적인 추태를 되풀이 연출하는가? 하루바삐 사형제도를 전면적으로 실시하여 국가의 기강을 바로잡아야 한다.

표절, 탈세, 위장전입, 부동산투기 등의 전문가들이 모인 문재인 정부에게 더 이상 바랄 것이 없는 것이다. 이게 나라냐? 자유한국당이나 더불어 민주당이나 어쩌면 그렇게 불량배들 뿐인지―.

한용운

알 수 없어요

바람도 없는 공중에 수직垂直의 파문을 내이며, 고요히 떨어지는 오동잎은 누구의 발자취입니까.

지리한 장마 끝에 서풍에 몰려가는 무서운 검은 구름의 터진 틈으로, 언뜻 언뜻 보이는 푸른 하늘은 누구의 얼굴입니까.

꽃도 없는 깊은 나무에 푸른 이끼를 거쳐서, 옛 탑塔위의 고요한 하늘을 스치는 알 수 없는 향기는 누구의 입김입니까.

근원은 알지도 못할 곳에서 나서, 돌부리를 울리고 가늘게 흐르는 작은 시내는 굽이굽이 누구의 노래입니까.

연꽃 같은 발꿈치로 가이 없는 바다를 밟고, 옥같은 손으로 끝없는 하늘을 만지면서, 떨어지는 날을 곱게 단장하는 저녁놀은 누구의 시詩입니까.

타고 남은 재가 다시 기름이 됩니다. 그칠 줄을 모

르고 타는 나의 가슴은 누구의 밤을 지키는 약한 등불

입니까.

제우스의 생몰년대를 아는 사람도 없고, 예수의 생몰년대를 아는 사람도 없다. 알라의 생몰년대를 아는 사람도 없고, 부처의 생몰년대를 아는 사람도 없다. 제우스, 예수, 알라, 부처는 우리 인간들이 우리 인간들의 이상적인 소망에 따라 제멋대로 창출해낸 허상에 지나지 않는다. 신은 없고, 신이라는 이름과 그림만이 존재한다. 모든 신들은 수많은 시인들이 창출해낸 허상이며, 이 허상에 구체적인 상을 부여한 것이 우리들의 화가라고 할 수가 있다. 호머와 헤시오드스와 부처와 예수가 시인들이라면, 미켈란젤로와 라파엘로와 레오나르도 다빈치는 화가들이라고 할 수가 있다. 시인들은 신들의 성격과 이념과 사상을 부여했고, 화가들은 이 시인들의 말을 따라서 그 상을 부여했던 것이다. 예로부터 지금까지, 어느 누구도 신을 만난 적도 없고, 신의 목소리를 들은 적도 없다.

최초에 이 세계는 어떻게 창조되었고, 이 세계는 과연 어느 누가 창조했는가? 아버지의 아버지, 즉, 최초의 아버지는 누구이며, 인간은 어떻게 해서 창조되었는가? 과연 인간의 영혼은 불멸이고, 내세의 천국은 있으며, 우리가 죽은 다음에 다시 태어날 수가 있는 것일까? 원자와 원자의 결합에 의하여 대폭발이 일어나고, 이 대폭발에 의하여 이 세계가 창조되었다는 것이 자연과학적인 정답이지만, 그러나 이 형이상학적인 화두話頭들은 영원히 풀리지 않는 수수께끼와도 같다고 하지 않을 수가 없다. 근원에 대한 물음이나 인간 존재에 대한 물음은 판단중지된 물음이며, 영원히 해명되지 않을 물음일는지도 모른다.

　　바람도 없는 공중에 수직垂直의 파문을 내이며, 고요히
　　떨어지는 오동잎은 누구의 발자취입니까.
　　지리한 장마 끝에 서풍에 몰려가는 무서운 검은 구름
　　의 터진 틈으로, 언뜻 언뜻 보이는 푸른 하늘은 누구의
　　얼굴입니까.
　　꽃도 없는 깊은 나무에 푸른 이끼를 거쳐서, 옛 탑塔
　　위의 고요한 하늘을 스치는 알 수 없는 향기는 누구의 입

김입니까.

근원은 알지도 못할 곳에서 나서, 돌부리를 울리고 가늘게 흐르는 작은 시내는 굽이굽이 누구의 노래입니까.

연꽃 같은 발꿈치로 가이 없는 바다를 밟고, 옥같은 손으로 끝없는 하늘을 만지면서, 떨어지는 날을 곱게 단장하는 저녁놀은 누구의 시詩입니까.

타고 남은 재가 다시 기름이 됩니다. 그칠 줄을 모르고 타는 나의 가슴은 누구의 밤을 지키는 약한 등불입니까.

한용운 시인의 「알 수 없어요」는 존재의 근원에 대한 물음이며, 형이상학적인 물음의 극치라고 할 수가 있다. 바람도 없는 공중에서 떨어지는 오동잎도 신비롭고, 무서운 검은 구름의 터진 틈으로 언뜻 언뜻 보이는 푸른 하늘도 신비롭다. 옛 탑塔 위의 고요한 하늘을 스치는 알 수 없는 향기는 누구의 입김과도 같고, 근원은 알지도 못할 곳에서 나서, 돌부리를 울리고 가늘게 흐르는 작은 시내는 굽이굽이 누구의 노래와도 같다. 연꽃 같은 발꿈치로 가이 없는 바다를 밟고, 옥같은 손으로 끝없는 하늘을 만지면서, 떨어지는 날을 곱게 단장하는 저녁놀은 누구의 시詩와도 같고, 타고 남은 재가

기름이 되듯이, 그칠 줄 모르고 타는 나의 가슴은 누구의 밤을 지키는 약한 등불과도 같다. 한용운 시인의 「알 수 없어요」는 제일급의 명시이며, 불교적인 윤회사상의 진수라고 할 수가 있다.

　오동잎의 발자취도 알 수 없고, 푸른 하늘의 얼굴도 알 수 없다. 누구의 입김같은 향기도 알 수 없고, 누구의 노래같은 시냇물 소리도 알 수 없고, 누구의 시와도 같은 저녁놀도 알 수 없다. 하지만, 그러나 이 엄숙하고 거룩한 분위기는 '알 수 없는 힘'을 가동시키는 존재(부처)의 위용에 맞닿아 있고, '알 수 없음'이 '알 수 없음'으로 타오르면서 아름답고 황홀한 저녁놀이 되고 시가 된다. 단어 하나, 토씨 하나에도 시인의 혼이 담겨 있고, 더없이 아름답고 뛰어난 시구들과 타고 남은 재가 기름이 되듯이 그 약한 등불을 켜고 있는 시적 화자에게도 시인의 혼이 담겨 있다.

　모든 것이 태어나고 모든 것이 죽는다. 모든 것이 죽고 모든 것이 다시 태어난다. 이 윤회사상이 정답이고, '알 수 없어요'는 이제 '알 수 있어요'가 된다. 원자와 원자의 결합에 의하여 이 세계는 태어났고, 원자와 원자의 분리에 의하여 이 세계의 모든 생명체들은

죽어간다. 원자와 원자의 분리에 의하여 모든 생명체들이 죽어가고, 원자와 원자의 결합에 의하여 이 세계가 태어난다.

신은 없다.

이 세계의 창조주는 자연이며, 자연만이 위대하고, 또, 위대하다.

아름답고 성스러운 로마교황청을 지켜주는 것은 신이 아닌 피뢰침이고, 이 수많은 성당들과 성상들을 비웃으면서 수많은 새들이 똥을 찍 갈기고 간다.

이 망할 놈의 광신도들아, 신은 애초부터 존재하지도 않았다.

김언
한 문장

자연이 말하는 방식과 내가 말하는 방식이 모두 한 문장이다.

나와 똑같은 인간이 나를 반대하고 있는 사실도 한 문장이다.

따지고 보면 신분 때문에 싸우고 있는 이곳의 날씨와 저곳의 풍토도 한 문장이다.

얼마나 많은 말이 필요할까?

이런 것들을 덮기 위해서

덮은 것들을 또 덮기 위해서

손을 씻고 나오는 사람도

그 물에 다시 손을 씻는 사람도 한 문장이다.

나는 얼마나 결백한가 아니면 얼마나 억울한가

아니면 얼마나 우울한가의 싸움 앞에서

앞날이 캄캄한 걱정 스님의 말씀도 한 문장이다

옆에서 듣고 있던 격정 스님의 말씀도 한 문장이다.

"흥분을 가라앉혀라."

우리는 모두가 다같은 인간이고, 우리는 모두가 다같이 지구촌의 한 가족이다. 내가 말하는 방식도 자연이 말하는 방식이고, 자연이 말하는 방식도 내가 말하는 방식이다. 네가 나를 반대해도 우리는 똑같은 한 가족이고, 내가 너를 옹호해도 우리는 똑같은 한 가족이다. 너와 내가 살고 있는 곳의 날씨와 풍토도 똑같고, 너와 내가 피투성이가 되도록 싸우고 있는 진리와 허위의 논쟁도 똑같다. 너와 나도 분리할 수가 없고, 인간과 인간도 분리할 수가 없다. 김언 시인의 「한 문장」은 모든 것이 하나라는 역사 철학적인 인식의 소산이며, 이 역사 철학적인 인식의 소산에 의하면 우리는 그렇게 흥분할 필요도 없으며, 상호간에 피투성이가 되도록 싸울 필요도 없다.

죄를 짓는 것이나 죄를 짓지 않는 것도 한 문장이고, 억울하거나 억울하지 않은 것도 한 문장이다. 우울하

거나 기쁜 것도 한 문장이고, 좀 더 잘 살거나 좀 더 못
사는 것도 한 문장이다. 흥분을 가라 앉히고 생각해보
면, 모든 차이나 모든 희비애락은 역할의 차이에 따른
것일 뿐, 우리는 모두가 다같이 한 가족이라는 사실만
이 증명되고 있는 것이다.

민족통일도 한 문장이고, 남북통일도 한 문장이다.
민족통일과 남북통일을 이룩하면 중국과 중앙 아시아
와 이탈리아와 영국까지도 우리 땅이 되고, 민족통일
과 남북통일을 이룩하면 중국과 러시아와 독일과 핀란
드와 노르웨이까지도 우리 땅이 된다.

미군철수도 한 문장이고, 외세척결도 한 문장이다.
부정부패척결도 한 문장이고, 세계적인 대사상가의 배
출도 한 문장이다. 외세척결과 민족통일, 부정부패척
결과 영원한 제국의 건설도 한 문장이다.

아아, 우리 한국인들 중, 이 한 문장을 이해할 사람
은 왜, 나밖에 없단 말인가?

최서림

시인의 재산

누구도 차지할 수 없는 빈 하늘은 내 것이다.
아무도 탐내지 않는 새털구름도 내 것이다.
동주의 하늘과 바람과 별과 시도 내 것이다.
너무 높아서 돈으로 따질 수 없는 것들,
돈으로 살 수 없는 것들은 다 내 것이다.

태초에 우리 시인들은 언어를 창출해냈고, 우리 시인들은 또한, 언어로서 이 세상을 창출해냈다. 하늘이 있으라 하니 하늘이 있게 되었고, 땅이 있으라 하니 땅이 있게 되었다. 해가 있으라 하니 해가 있게 되었고, 달이 있으라 하니 달이 있게 되었다. 수많은 나무와 풀들이 있으라 하니 수많은 나무와 풀들이 있게 되었고, 온갖 새들과 수많은 동식물들이 있으라 하니 온갖 새들과 수많은 동식물들이 있게 되었다. 모든 신들과 모든 경전들마저도 우리 시인들이 창출해낸 것이고, 따라서 예수와 부처와 시바와 마호메트와 제우스마저도 우리 시인들의 자식들에 지나지 않았던 것이다. 요컨대 시인이 만물의 창조주이자 전지전능한 인간이기도 했던 것이다.

　나는 최서림 시인의 「시인의 재산」이 빌 케이츠보다도, 워런 버핏보다도, 이건희보다도, 저커버그보다도

더 많다고 생각한다. 어느 누구도 넘볼 수 없는 빈 하늘도 그의 것이고, 아무도 탐내지 않는 새털구름도 그의 것이다. 하늘과 바람과 별과 시도 그의 것이고, 너무도 고귀하고 소중해서 돈으로 살 수 없는 모든 것들도 다 그의 것이다.

시인은 언어의 창조주이며, 모든 가치의 창조주이다.

시인의 재산은 숨길 필요도 없고, 어느 누구도 훔쳐 갈 수가 없다.

적게 소유한 자는 잠을 못 자고, 천하를 소유한 자는 단 잠을 이룬다.

언어는 돈과 명예와 권력이고, 언어를 소유한 자가 천하를 소유하게 된다.

최서림 시인은 「시인의 재산」을 통해서 이처럼 기축통화의 창조주가 되었고, 이 세상에서 가장 잘 사는 부자가 되었다.

이복규

식물인간

뇌가 마음대로
명령할 수 없는
장기가 심장입니다

온 몸이 잠들어 있지만
쉬라고 해도
멈추라 해도
박동을 멈추지 않고
살아 있는 사람

오로지 당신만을 위해
살아있는 식물
인간

꽃처럼 키우는

아내가 있다

부부는 남자와 여자가 만나서 일심동체가 된 사람이며, 이 세상의 종족창시자가 된 사람을 말한다. 혼자 사는 남자는 쭉정이 씨앗이 되고, 혼자 사는 여자는 묵정밭이 된다. 한 그루의 나무가 자라나려면 싹이 터야 하듯이, 부부가 된다는 것은 밭을 갈고 씨앗을 뿌린다는 것이다.

  부부는 종족의 창시자이며, 최초의 아버지와 최초의 어머니를 말한다. 사랑은 주는 것이지 받는 것이 아니다라고 말하면, 사랑은 받는 것이지 주는 것이 아니다라고 말한다. 사랑은 받는 것이지 주는 것이 아니다라고 말하면 사랑은 주는 것이지 받는 것이 아니다라고 말한다. 사랑은 당신을 내몸처럼 사랑하는 것이고, 사랑은 당신이 죽으면 나도 따라 죽는 것이다. 당신이 가는 길에 내가 있고, 내가 가는 길에 당신이 있다. 아들과 딸을 낳아 기르며 인간 사회를 더욱더 아름답고 풍

요롭게 가꾸는 것이 부부의 사명이라면, 그 사명과 임무를 수행하는 과정에서 하늘을 우러러 한 점 부끄러움 없이 최선을 다하는 것이 부부의 덕목이라고 할 수가 있다.

때로는 생살이 터질 듯이 싸울 때도 있을 것이고, 때로는 하늘이 무너질 듯이 속이 탈 때도 있을 것이다. 때로는 하늘을 찌를 듯이 기쁠 때도 있을 것이고, 때로는 사지를 절단당하는 것과도 같은 재앙을 만날 때도 있을 것이다.

하지만, 그러나 부부란 이복규 시인의 말대로, "뇌가 마음대로/ 명령할 수 없는" "심장"과도 같다. "온몸이 잠들어 있지만/ 쉬라고 해도/ 멈추라 해도/ 박동을 멈추지 않고/ 살아 있는 사람"이 바로 그것을 증명해준다. 남편은 아내의 심장이 되고, 아내는 남편의 심장이 된다. 사랑하는 남편과 사랑하는 아내 앞에서는 모두가 다같이 '식물인간'이 될 수가 있다.

오오, 이복규 시인은 어쩌면 이처럼 아름답고 고귀한 사랑의 경지를 터득하게 되었던 것일까? 꽃처럼 키우는 아내가 있고, 꽃처럼 키우는 남편이 있다. 만일, 당신도, 당신의 아내도 이복규 시인의 사랑의 경지를

터득하게 된다면, 오로지 당신만을 위해서 식물인간이
되고 싶을 것이다.

부부는 뇌가 마음대로 명령할 수 없는 심장이고, 식
물인간이며, 부부는 사랑의 꽃이라고 할 수가 있다. 부
부는 둘이서 하나가 되고, 부부는 이 하나를 통해서 음
(−)과 양(+)의 결합처럼 무無가 된다. 하지만, 그러나
이 무는 텅 빈 무가 아니라, 그 무엇보다도 충만한 무
이고, 이 무에 의해서 만물이 태어난다.

이 부부의 사랑에 의해서 자손이 탄생하였고, 이 부
부의 사랑에 의해서 시민이 탄생하였다. 이 부부의 사
랑에 의해서 국민이 탄생하였고, 이 부부의 사랑에 의
해서 인류가 탄생하였다.

모든 역사의 기원인 부부, 모든 만물의 창조주인 부
부, 그 모든 것을 다 사랑으로 감싸안고 자기 자신의
목숨까지도 다 바치고 떠나가는 부부—.

부부는 서로가 서로에게 식물인간이 되고, 부부는
사랑의 꽃을 피우고, 부부는 이 세상을 기꺼이 떠나
간다.

모든 신들은 우리들의 아버지와 어머니의 다양한 모
습들에 지나지 않는다.

구석본
새, 이름에는 날개가 없다

하늘을 날고 있는 새는 이름으로 분별할 수 없다.
높이 날면 날수록 그러하다.

까치, 백로, 까마귀와 같은 새들은 빛깔과 몸으로
구분되어
지상地上에 앉아있으면 각자의 이름으로 불리지만
그 이름에 갇혀 날지 못한다.

까치, 백로, 까마귀들이 이름을 버릴 때
비로소 그들의 하늘을 날아다니는 새가 되는 것이
다.

하늘 높이 나는 새는 이름이 없다, 한 마리의 새일
뿐.

오늘도 나는 이름으로 밥을 먹고, 이름으로 전화를 받고,

이름으로 작별의 인사를 나누고

쓸쓸하게 집으로 돌아온다.

때로는 달빛 속을 홀로 걸으며

나의 이름으로 너를 부르며 눈물을 흘린다.

누군가로부터 이름이 불리는 동안 나는 날지 못한다.

이름을 버리지 못한 나는, 대신 날개를 버린 것이다.

날아오를 하늘을 버린 것이다.

지상의 새처럼 이름 속에 스스로 갇혀 버린 것이다.

이름에는 날개가 없다.

이름이란 무엇이고, 과연 우리 인간들은 얼마나 많은 이름을 갖고 살아가는 것일까? 이름이란 최초의 사물에 대한 인식표이며, 이 이름이 없다면 이 세상은 다만, 캄캄한 어둠과 혼돈뿐이었을 것이다. 감성은 사물(대상)을 인식하고, 이성은 사물(대상)을 사고한다. 이것은 돌이고, 저것은 나무다라고 인식하는 것은 감성이고, 이것은 황금이고, 저것은 소나무이다라고 명명하는 것은 이성이다. 감성과 이성은 언어 사용의 두 기능이며, 이 두 기능이 마비되면 그는 판단력이 결여된 백치가 된다. 이름은 사물이고, 사물의 가치이며, 사물을 사물이게끔 하는 사물의 빛이다. 이름이 있기 때문에 존재하고, 이름이 있기 때문에 사회적 지위가 가능하고, 이름이 있기 때문에 그의 존재가 역사에 기록된다. 이름은 존재의 근거가 되고, 존재는 그 이름을 통해서 살아간다. 이름은 명예이고, 영광이고, 이름은 존

재의 보증수표이며, 존재의 환한 빛이다. 이름이 없었다면 예수도 다만 하찮은 존재에 지나지 않았을 것이고, 이름이 없었다면 부처도 다만 하찮은 존재에 지나지 않았을 것이다. 소크라테스, 플라톤, 데카르트, 칸트, 마르크스, 니체의 이름에는 얼마나 많은 명예와 영광이 각인되어 있는 것이고, 또한, 호머, 단테, 셰익스피어, 괴테, 베토벤, 모차르트의 이름에는 얼마나 많은 명예와 영광이 각인되어 있는 것일까? 인간은 사라지지만 이름은 영원히 살아남는다. 이름은 존재의 보증수표이고, 우리는 이 이름을 위해서 살아간다.

부처, 석가모니, 붓다, 여래, 싯다르타 등은 부처의 이름이고, 예수, 그리스도, 주님, 임마누엘 등은 예수의 이름이다. 제우스의 다른 이름은 주피터이고, 헤라의 다른 이름은 유노이다. 고은의 다른 이름은 고은태이며, 이상의 다른 이름은 김해경이다. 아명, 본명, 예명, 필명, 별명 등, 우리는 누구나 다같이 수많은 이름들을 갖고 산다. 서기, 주사, 과장, 차장, 실장, 판사, 검사, 장관, 의장, 회장, 대통령 등은 사회적 지위와 그 직함에 관련된 이름이며, 아빠, 남편, 아들, 손자, 할아버지 등은 가족의 관계에서 비롯된 이름들이다. 우

리는 모두가 수많은 이름들을 갖고 살아가며, 이 이름
의 명예와 영광을 위해서 살아가고 있다고 해도 과언
이 아니다.

이름과 명예는 하나이며, 오점 없는 명예는 최고급
의 영광이라고 할 수가 있다. 대작가, 대사상가, 대정
치인, 대역사가, 대학자, 현인, 성자 등의 이름은 전인
류의 스승에 값하는 이름이며, 전인류의 스승을 배출
한 가문이나 학교, 또는 국가는 이 스승의 이름 때문에
전인류의 존경을 받게 된다. 이름으로 말하고, 이름으
로 듣고, 이름으로 가치평가한다. 이름으로 서열을 정
하고, 이름으로 가격을 정하며, 이름으로 꼬리표를 붙
인다. 이름이 있고 인간이 있는 것이지, 인간이 있고
이름이 있는 것이 아니다. 이름을 위해서 살고, 이름의
영광 때문에 울고 웃으며, 이름의 치욕 때문에 사생결
단식의 싸움을 벌인다.

구석본 시인의 「새, 이름에는 날개가 없다」는 이 이
름의 사회학이자 이름에 대한 가장 날카롭고 예리한 풍
자시라고 할 수가 있다. "오늘도 나는 이름으로 밥을
먹고, 이름으로 전화를 받고/ 이름으로 작별의 인사를
나누고/ 쓸쓸하게 집으로 돌아온다/ 때로는 달빛 속을

홀로 걸으며/ 나의 이름으로 너를 부르며 눈물을 흘린다"는 것은 이름의 사회학에 해당되고, "누군가로부터 이름이 불리는 동안 나는 날지 못한다/ 이름을 버리지 못한 나는, 대신 날개를 버린 것이다/ 날아오를 하늘을 버린 것이다// 지상의 새처럼 이름 속에 스스로 갇혀 버린 것이다// 이름에는 날개가 없다"라는 것은 이름에 대한 가장 날카롭고 예리한 풍자시에 해당된다. 언어는 인간의 창작품이며, 최고급의 문화유산이다. 인간이 있고 이름이 있는 것이지, 이름이 있고 인간이 있는 것이 아니다. 이름을 위해 살고 이름을 위해 죽는다는 것은 본말이 전도된 사회적 현상이지, 언어의 본질적인 현상이 아니다. 이름은, 언어는 매우 불만족스러운 도구이지, 사실 그대로의 사물의 본질을 지시하고 있는 것이 아니다. 부처와 예수는 신도 아니고, 다만, 신의 탈을 쓴 도깨비에 지나지 않는다. 호머도, 셰익스피어도 세계적인 대작가는 아니고, 다만, 세계적인 대작가의 탈을 쓴 도깨비에 지나지 않는다. 도깨비는 다만, 착시현상이며, 사회적 혼란이고, 모든 명예와 영광은 이 도깨비에게 붙여진 이름에 지나지 않는다.

하늘을 날고 있는 새는 이름으로 분별할 수 없다.

높이 날면 날수록 그러하다.

까치, 백로, 까마귀와 같은 새들은 빛깔과 몸으로 구분되어

지상地上에 앉아있으면 각자의 이름으로 불리지만

그 이름에 갇혀 날지 못한다.

이름은 시대착오적인 보수주의자이며, 이름은, 혁명은커녕, 소위 더 이상의 자기 발전이 가능하지 않은 광신도와도 같다. 이름은 광신적이고, 이름은 무책임이고, 이름은 맹목적이다. 이름은 덫이고, 함정이며, 이름은 날개가 부러진 새와도 같다. 이름이 신앙이 되면 광신이 되고, 이름이 명예가 되면 불명예가 되고, 이름이 영광이 되면 치욕이 된다.

「새, 이름에는 날개가 없다」는 것은 하늘 높이 높이 나는 새는 이름이 없다는 것─구별이 가능하지 않다는 것─을 뜻하고, 「새, 이름에는 날개가 없다」는 것은 이름을 얻는 순간, 그 이름에 구속된다는 것을 뜻한다. "누군가로부터 이름이 불리는 동안 나는 날지 못한다"

는 것은 이름을 얻는 순간, 그 이름의 명예와 영광을
다 버리고 하늘 높이 높이 날아가야 한다는 구석본 시
인의 외침이 들어있는 것이다. 시인은 자유인이고, 시
인은 혁명가이며, 혁명가는 언제, 어느 때나 하늘과 바
람과 구름과 고산영봉을 벗삼아 새로운 신세계로 날아
다니는 것이다. 신세계는 이름을 떠나 있고, 신세계는
명예와 영광을 떠나 있다. 자유인은 시인이고, 시인은
언제, 어느 때나 이 세상의 이름을 불태우고, 그 불의
힘으로 최고급의 인식의 날개를 펼치게 된다.

"새, 이름에는 날개가 없다."

아아, 얼마나 가장 날카롭고 예리한 명언이란 말인
가?

"새, 이름에는 날개가 없다"라는 말에는 구석본 시인
의 혁명가의 정신이 배어있고, 이 가장 아름답고 멋진
명언을 통해서 구석본 시인은 오늘도 자유자재롭게 머
나먼 우주여행을 다니고 있는 것이다.

높이, 높이, 더 높이,

진정한 시인은 새가 되고, 새가 된 시인은 이름이 없
다. 다만, 단, 한 사람의 시인일뿐—.

이상

지비 紙碑

　　내키는커서다리는길고�왼다리아프고안해키는작어서
다리는짧고바른다리가아프니내바른다리와안해왼다리
와성한다리끼리한사람처럼걸어가면아아이부부는부축
할수없는절름발이가되어버린다무사한세상이병원이고
꼭치료를기다리는무병이끝끝내있었다

그 여자는 키가 작고 평범한 미모를 지녔고, 그 남자는 키가 크고 영웅호걸의 미모를 지녔다. 그 여자는 근검절약을 좋아하고, 돈이 많았고, 그 남자는 그의 출신성분에 반하여 사치를 좋아하고 돈이 없었다. 그 여자는 그 남자의 미모와 출신성분과 친절하고 상냥한 인품에 반했고, 그 남자는 그 여자의 장점보다는 오직 돈이 많다는 사실만을 좋아했다.

그 여자는 먼지와의 전쟁을 벌일 만큼 청결함을 좋아했고, 어느 누구보다도 약속을 잘 지켰다. 이에 반하여, 그 남자는 아무 곳에서나 담배꽁초를 버리고 입만 열면 거짓말을 잘 하고, 도저히 감당할 수 없는 채무를 짊어지고 있었다. 키가 작은 여자와 키가 큰 남자, 평범한 미모의 여자와 영웅호걸 타입의 미남자, 근검절약을 좋아하는 여자와 사치를 좋아하는 남자, 약속할 수 있는 여자와 약속할 수 없는 남자와의 결혼은 오

직 절름발이 부부의 길만이 약속되어 있었던 것이다.

부부의 인연이 악연이 되고, 악연이 최후의 안식처가 되었다.

무사한 세상이 병원이고, 꼭 치료를 기다리는 무병이 끝끝내 있었다.

이상 시인의 「지비紙碑」는 약속할 수 없는 부부, 또는 세계적인 사기꾼의 민족인 우리 한국인들의 사망진단서와도 같다.

나의 꿈은 우리 한국인들이 가장 책을 많이 읽는 민족이 되었으면 하는 것이고, 곧바로 남북통일을 이룩하고, 미국과 중국과 일본과 러시아와 영국과 프랑스와 독일마저도 문화적으로 식민지배했으면 하는 것이다.

책을 읽고, 또 읽으면, 예수와 부처와 소크라테스와 칸트와 마르크스와 알렉산더와 나폴레옹마저도 호위무사로 거느릴 수가 있다.

아아, 그토록 꿈에도 그리운 사상가와 예술가의 민족이여!!

전명옥
어떤 비행飛行

붉은 부리가 날아간다
붉은 부리를 가진 새가 날아간다
붉은 부리를 가진 새의 기억이 날아간다
치열했던 어제와 안개 덮인 내일이 날아간다
붉은 부리를 가진 새를 품은 새장이, 새장 밖의 세
상이 날아간다
유리병 속 신기루를 찍고 또 찍다 피멍든 붉은 부리

입술을 붉게 물들인 내가 날아간다
붉은 입술을 가진 이데올로기가 날아간다
절명한 절망 절망한 절명 절망 밖의 절망
날개 없는 내가 날아간다
길. 이. 보. 인. 다.

안중근에게서도 날개를 보았고, 이순신에게서도 날개를 보았다. 유관순에게서도 날개를 보았고, 잔 다르크에게서도 날개를 보았다. 보들레르에게서도 날개를 보았고, 윤동주에게서도 날개를 보았다. 반고흐에게서도 날개를 보았고, 이중섭에게서도 날개를 보았다.

그들은 모두가 다같이 유리병 속에서 유리병의 신기루를 찍고, 또, 찍다가 붉은 부리를 지니게 되었다. 피 멍든 붉은 부리―. 이 피 멍든 붉은 부리가 그들의 날개를 돋아나게 하고, 드디어, 마침내 그 유리병을 뚫고 푸르고 푸른 하늘로 날아오르게 한 것이다.

붉은 부리는 용기이고, 무적의 전사이며, 붉은 부리는 "치열했던 어제와 안개 덮인 내일"로 날아가는 불사조이다.

붉은 부리가 날아간다. 붉은 부리를 지닌 새들이 날아간다. 절명한 절망, 절망한 절명, 절망 밖의 절망들

이 날아가고, 날개 없는 내가 날아간다.

"길. 이. 보. 인. 다."

절망은 삶의 정점이며, 삶의 축복이다. 절망은 산소와도 같고, 이 세상의 숨구멍과도 같다. 우리는 절망으로 숨쉬고, 절망으로 밥을 먹으며, 절망으로 날개를 돋아나게 한다. 절망은 용기를 사랑하고, 무적의 전사를 사랑하고, 불사조를 사랑한다.

만일, 이 세상에 절망이 없었다면 우리가 과연 어떻게 붉은 부리로 절망을 쪼아대고 이 불사조의 날개를 얻을 수가 있었단 말인가?

붉은 부리도 날아오르고, 치열했던 어제도 날아오르고, 절망 밖의 절망도 날아오르고, 전명옥 시인이 사랑하는 점층법도 날아오른다.

전명옥 시인의 「어떤 비행飛行」은 상승주의 미학의 진수이며, 이 세상의 모든 사람들에게 영원한 날개를 달아주는 시라고 하지 않을 수가 없다.

나는 지금 이 순간 '사상의 계엄령'을 선포하고자 한다. 끊임없이 움직이지 않으면 모든 원정대원들이 얼

어죽듯이, 우리 한국인들은 책을 읽고, 또 읽지 않으면 사상적으로 굶어죽게 되어 있다. 지금부터 세계적인 고전을 읽지 않는 자는 재판절차없이 총살하고자 한다.

김연종　임덕기

이영식　이경림

현상연　복효근

김광규　이영혜

백　석　이용악

강우현　김준현

한이나　김예태

정현종　이희은

김연종
슬픈 年代

오래 전

내 몸은 병들었다
　홍역 끝에 바람이 들었고 바람 든 허파에 세균이 들었다 스트렙토마이신 주사를 맞으면 입안에 군침이 돌았다 박하사탕 맛이라 상상했다 약골이란 별명이 그림자처럼 따라 다녔다 폐병이란 말 보다 백배는 더 듣기 좋았다

얼마 전

조수석에 앉았다
　실내 공기는 싸늘했다 허파에 들끓던 가래가 기어이 목구멍까지 올라왔다 창문을 열고 가래침을 뱉었다 싱가포르에서는 태형감이라고 운전석에 앉은 아내가 빈

정댔다 폐를 앓았다는 병력은 여전히 비밀로 했다

　어제는

　새소리를 들었다
　한 동안 자취를 감추었던 딱따구리가 관자놀이를 쪼아댔다 그렁거리는 소리만으로는 이명인지 천명인지 구별이 되지 않았다 귀이개로 딱따구리를 몰아내고 솜뭉치로 귀를 틀어막았다

　오늘 새벽

　책을 보았다
　숨결이 바람 될 때를 읽다가 숨길이 갑갑해졌다 서른여섯 젊은 의사의 죽음에서 기시감과 친근감이 동시에 들었다 '행복한 외출이 되기를 그러나 다시는 돌아오지 않기를' 죽음을 앞둔 프리다 칼로의 마지막 일기는 다른 책에서 보았다

　오전에

그녀가 왔다

옷을 바꿔 입고 싶다고 했다 둘만의 비밀이라고 새끼
손가락을 걸었다 평생 걸친 누더기를 제발 벗게 해 달
라고 부탁했다 무릎을 꿇고 애원하는 구순 노파의 손
을 꼭 쥐었다 생의 외피를 바꾸고 싶다는 그녀의 말이
진심으로 다가왔다

저녁에

모임에 참석했다

수다보다 고기 맛이 일품이었다 반주도 곁들였다 당
뇨로 고생하는 친구가 인슐린 대체요법에 대해 토로
했다 죽은 그의 아내도 당뇨 합병증이라 했다 방안
에 쉰내가 진동했다 유효기간이 짧은 막걸리에 더 믿
음이 갔다

내일도

세월은 변하지 않는다

물에서 막 건져 올린 시체가 누군가에 질질 끌려가고 있다 죽어서도 썩지 못해 처참한 몰골이다 삼년 만에 모습을 드러낸 세월에 물빼기 작업이 진행 중이다 내 몸에서도 서서히 물이 빠져 나가고 있다

국가는 집단 중의 집단이며, 이 집단만큼 최선의 조직체는 있을 수가 없다. 민족주의와 제국주의가 자라나는 곳도 국가이며, 개인과 개인, 단체와 단체들이 무한한 기쁨과 긍지를 갖게 하는 곳도 국가이다. 국가가 국민들에게 무한한 기쁨과 긍지를 갖게 할 때, 그 국민들은 선진국민이 되고, 전인류의 존경과 찬양의 대상이 될 수가 있다. 더없이 자유로우면서도 도덕과 법률을 준수하고, 무한한 평화를 향유하고 있으면서도 언제, 어느 때나 외부의 적과 전쟁을 할 준비가 되어 있다. 늘, 항상 근검절약하고 더없이 많은 부를 축적하고 있으면서도 빌 케이츠와 조지 소로스와 워런 버핏과 저커버그처럼 전재산을 사회에 환원할 준비가 되어 있다. 미국, 일본, 독일, 영국, 프랑스 등의 선진국가는 번영과 행복이 약속되어 있는 국가이며, 그 국가의 국민들은 서로간의 무한한 사랑과 상호신뢰로 국력과

민심을 결집시켜 나간다.

하지만, 그러나 국가가 국민들에게 무한한 기쁨과 긍지를 가져다가 주기는커녕, 더없이 쓰디쓴 슬픔과 치욕만을 가져다가 주는 국가가 있다. 이 국가는 상호 간의 불신과 증오만을 심어주는 국가이며, 국가의 모든 기능이 치명적인 부정부패로 썩어간다. 자유는 있되 책임이 없고, 권리는 있되 의무는 없다. 도덕과 법률을 준수하기는커녕 기초생활질서를 전혀 지킬 의사도 없고, 언제, 어느 때나 마주보고 웃으면서도 소송전을 제일 좋아한다. 늘, 항상, 거짓말과 사기로 부를 축적하고, 온갖 불법과 탈법으로 부의 대물림─권력의 대물림과 성직의 대물림─을 완성한다. 정직은 시대착오적인 이념이 되고, 그 어떤 의학이나 의술로도 치료할 수 없는 질병이 된다. 우리 학자들도 '고비용─저효율의 대가'이고, 우리 정치인들도 '고비용─저효율의 대가'이며, 우리 목사들도 '고비용─저효율의 대가'이다. 우리 한국인들의 특징은 싸움을 한 번 해보지도 못하고 나라를 빼앗기는 것이고, 세계적인 깡패국가의 노예로서, 그들의 이익을 위해 동족상잔의 전쟁마저도 마다하지를 않는다는 것이다. 사대주의자들, 즉, 소위

노예국가의 지도층 인사들은 애국심을 이기심으로 착각하고 있으며, 그 이기심에 의한 부정부패를 하늘의 은총처럼 생각한다. 이에 반하여, 대부분의 서민들은 가난하고, 헐벗고, 굶주리며, 쓰디쓴 슬픔과 치욕만을 밥 먹듯이 먹고 살아간다. 참으로 슬픔에 슬픔만을 더하는 「슬픈 年代」이고, 더 이상 산다는 것이 아무런 의미도 없는 「슬픈 年代」의 운명이다. 무목표, 무의지, 무책임이라는 三無現象을 전혀 이해하지도 못하며, 노예민족의 운명을 벗어나기 위한 그 어떤 노력도 전혀 하지 않고 있는 것이다.

폐병이라는 말보다는 백배는 더 듣기 좋았지만 약골이라는 별명으로 통했던 인간, 운전석에 앉은 아내 옆에서 창밖으로 가래침을 뱉었다가 '싱가포르에서는 태형감'이라는 질책을 들을 수밖에 없었던 인간, 이제는 어느덧 딱따구리가 관자놀이를 쪼아대는 것처럼 이명소리에 시달릴 수밖에 없는 인간, 새벽에 책을 보다가 서른 여섯에 죽은 의사의 소식을 듣고, '행복한 외출이 되기를 그러나 다시는 돌아오지 않기를' 빌었던 인간, 더없이 잔인하고 끔찍했던 비운의 천재 화가 프리다 칼로의 운명에 입 맞추었던 인간, 평생 걸친 누더기를 벗

고 이제 그만 생의 외피를 벗고 싶다는 구순 노파의 말에 깊이 있게 공감했던 인간, 저녁 모임의 회식 자리에서 당뇨로 고생하는 친구의 하소연을 듣고 어쩔 수 없이 쉰내가 나는 인간의 생애에 진저리를 칠 수밖에 없었던 인간, 어제도, 오늘도, 수천 년의 앞날도 더없이 순진하고 때 묻지 않은 학생들을 수장시켰던 세월호처럼, 썩을 수도 없었던 것이 김연종 시인의 「슬픈 年代」의 가장 핵심적인 전언이라고 할 수가 있다.

오래 전 우리 한국인들의 운명은 병들었고, 세월은 좀처럼 변하지를 않는다. "낙관주의는 인류의 아편이다. 건전한 정신은 어리석음의 악취를 풍긴다, 트로츠키 만세"(밀란 쿤데라의 『농담』)라는 농담 한 마디 때문에 당으로부터 제명을 당하고 영원히 사회적 천민으로서 떠돌아다닐 수밖에 없었던 루드빅처럼, 우리 한국인들의 운명은 예정되어 있었던 것인지도 모른다. 김연종 시인의 「슬픈 年代」의 슬픔은 그의 병약함과 함께, 죽어서도 썩을 수 없는 시체의 삶을 강요하고 있는 것인지도 모른다.

날이면 날마다 수많은 부정부패로 세계적인 사건들

을 연출해내고, 그것에 대한 미봉책인 수많은 규제와 법률들로 국가가 전국민을 범죄인 취급을 한다. 선진 국일수록 적은 규제와 법률을 갖고 그 처벌은 엄청나게 가혹한 반면, 후진국일수록 수많은 규제와 법률을 자랑하며, 그것에 대한 처벌은 매우 약하다.

임덕기
사막의 시간

가슴에 불덩이 담고
이따금 숨을 몰아쉬며 고통을 참는다
모래바람에 푸석한 머리카락 날리며
힘든 시간을 견딘다

지난한 시간들
고스란히 사구砂丘에 기록되어 있다
물결무늬는 고통이 지나간 발자취

칠흑 같은 어둠 속을 뚫고
설익은 꿈들이
하나, 둘 포물선을 그리며
모래골짜기에 떨어진다

바람 따라 굴러다니는 텀블링플랜트*

유목민처럼 떠돌다

비가 내리면 낯빛에 생기가 돈다

빗물로 목을 축이고 바닥을 딛고 일어선다

잠시 기거할 집의 뼈대를 세운다

갈증을 참다못해 씹어 삼킨

낙타가시나무 가시로

입안이 피로 흥건한 낙타를 돌보며

사막은 서서히 늙어간다

* 사막의 건기乾期에 공처럼 굴러다니는 떠돌이풀

나는 늘 산 좋고 물 좋은 자연으로 돌아가 글을 쓰며 산책을 하고, 세계적인 대사상가들과 대화를 나누며 살고 싶다는 생각을 해오고 있었다. 혼자라는 것과 외롭고 고독하다는 것조차도 두렵지 않으며, 다만 내가 제일 좋아하는 공부를 하며 고귀하고 위대한 삶을 살고 싶었던 것이다.

지난 30년 동안 동고동락했던 아내가 지난 3년간 종교적 다툼 끝에, '코이카 해외봉사단원'의 교육을 받으러 떠날 때가 되자, 이제는 혼자 밥 먹고, 혼자 빨래하고, 혼자 청소하고, 혼자 술 마시며 그 모든 것을 내가 다 해결해야만 할 처지가 슬프고, 더럭 겁이 나고 불안하기까지도 했었다. 아버지로서, 남편으로서, 『애지』 편집자로서, 대한민국 국민으로서 의무만 있고 권리는 없는 삶에 싫증이 났고, 어느덧 '만인대 일인의 싸움'의 전사로서의 용기도 잃어가고 있었다.

막상 아내가 서울로 떠나가자, 이 외로움과 쓸쓸함, 이 불안과 두려움 때문에 잠을 못 자고 다음날 오전 산책을 나갔다가 나는 곧 나의 어리석음을 크게 꾸짖고 득의에 찬 웃음을 웃을 수가 있었던 것이다. 아들은 영국 에딘버러대학교 경제학과에 다니고, 딸은 서울에 있고, 아내는 아프리카 지역의 에티오피아로 떠나갈 것이지만, 그러나 이 고립무원의 시간은 나만의 시간이며, 그 어떤 간섭도 받지 않는 생산적이며 창조적인 시간일 수도 있었던 것이다. 『애지』를 출간하고, 도서출판 지혜도 운영을 해야 하지만, 아무튼 더욱더 '반경환 명시감상', 즉, 『사상의 꽃들』을 쓰기 위하여 최선의 노력을 다 할 것이다. 친구도 없고, 선배도 없고, 후배도 없다. 부모형제도 없고, 처와 자식도 없고, 단 사람의 원군도 없다.

　하지만, 그러나 고립무원의 삶은 '만인 대 일인의 싸움'이며, 고귀하고 위대한 철학예술가의 삶이라고 하지 않을 수가 없다. 나는 나이고, 나는 혼자이고, 나는 나의 행복의 연주자이다. 이 혼자의 힘, 이 고립무원의 삶이 만인들의 스승을 탄생시키고, 이 우주를 새로운 우주로 만든다. 낙천주의 사상가인 나는 불구대천

의 원수마저도 감동시키고, 총과 칼이 없어도 세계를 정복할 것이다. 낙천주의 사상가는 인간 중의 인간이며, 모든 것을 다 할 수 있다. 사상은 최고급의 인식의 전쟁의 산물이고, 언제, 어느 때나 최종심급은 사상이라고 할 수가 있다.

사막이란 무엇인가? 사막이란 강수량이 매우 적고, 이 강수량에 비해 그 증발량이 너무나도 많아 동식물이 거의 살아갈 수가 없는 곳을 말한다. 모래사막도 있고, 암석사막도 있다. 사막이라고 하면 대부분이 모래사막을 떠올리지만, 그러나 대부분의 사막은 암석사막으로 이루어져 있다고 한다. 열대사막도 있고, 내륙사막도 있다. 열대사막은 아열대 고기압과 무역풍이 발달한 곳이고, 사하라, 칼라하리, 아라비아, 타르, 그레이트 빅토리아, 아타카마 등의 사막이 이에 속하고, 내륙사막은 대륙 안쪽이나 높은 산맥 뒤에 있고, 미국의 대분지와 타클라마칸 등의 사막이 이에 속한다. 사막은 낮과 밤의 온도차가 매우 크고, 비가 와도 곧 잦아들거나 증발하여 대부분의 동식물들이 살아갈 수가 없다.
하지만, 그러나 이러한 최악의 생존조건 속에서도

살아갈 수 있는 특이한 생물들이 있고, 어쩌다가 오아
시스 지역에서는 원시농업과 목축업을 하는 유목민들
이 살아간다. 임덕기 시인의 「사막의 시간」은 가슴에
불덩이를 담고 살아가는 시간이며, "바람 따라 굴러다
니는 텀블링플랜트"와 "유목민"처럼 살아가는 시간이
다. "비가 내리면 낯빛에 생기가" 돌지만, "갈증을 참
다못해 씹어 삼킨/ 낙타가시나무"로 "입안이 피로 흥
건"해지는 삶에 지나지 않는다. 사막의 역사는 "설익은
꿈들이/ 하나, 둘 포물선을 그리며/ 모래골짜기"로 떨
어지는 역사이며, 더없이 고통스럽고 힘든 최악의 생
존의 역사이다. 고통은 길고 기쁨은 짧다. "설익은 꿈
들이/ 하나, 둘 포물선을 그리며/ 모래골짜기"로 떨어
지는 삶이 무슨 의미가 있겠으며, 사막의 건기에 떠돌
이풀인 텀블링플랜트와 낙타가시나무로 입안이 붉디
붉은 피로 흥건해진 삶이 또한 무슨 의미가 있겠는가?
삶은 허무하고, 꿈도 없고, 어떤 의지도 그 싹을 틔워
보지도 못한다.

   푸른 하늘도 있고, 사시사철 이글이글 타오르는 태
양도 있다. 대보름의 둥그렇고 환한 달밤도 있고, 수
없이 많은 모래알들처럼 그 환한 빛을 뿜어대는 밤하

늘의 별들도 있다. 오랜 가뭄 끝에 단비도 내리고, 그 빗줄기를 따라 오아시스가 형성된다. 바람도 불고, 그 바람을 따라 떠돌이 풀들이 파릇파릇하게 돋아난다. 낙타가 물주머니를 차고 살아가고, 푸르디 푸른 초지와 오아시스를 따라서 수많은 동식물들과 유목민들이 그 역사의 발걸음을 움직여 나간다. 의지는 생명의 불꽃이고, 탄생은 하늘의 은총이다. 사막의 역사는 오아시스의 역사이고, 사막의 역사는 신기루의 역사이며, 사막의 역사는 기적의 역사이다. 『어린 왕자』의 작가인 생텍쥐페리는 "사막이 아름다운 것은 어딘가에 물을 숨기고 있기 때문이다"라고 말한 적이 있었다. 앎이 필요하고, 인식의 전환이 필요하고, 이 인식의 전환 끝에 사막은 이상낙원이 된다. 유태교가 탄생한 곳도 사막이고, 기독교가 탄생한 곳도 사막이고, 이슬람교가 탄생한 곳도 사막이다. 유태교, 기독교, 이슬람교, 즉, 이 삼대종교들이 최악의 생존조건을 최선의 생존조건으로 변모시키고, 전인류의 스승들인 대사상가들을 탄생시켰다.

사막은 비옥한 문전옥답이고, 사막은 우주이고, 사막은 이상낙원이다. 사막만이 아름답고 풍요로우며,

최악의 생존조건이 최선의 생존조건이 된다. 따지고 보면, 재화의 결핍과 권력의 결핍과 애정의 결핍과 명예의 결핍 속에 살아가는 우리 인간들은 모두가 다같이 사막의 원주민에 지나지 않는다. 이 세상의 삶이 아름답고 행복한 것은 설익은 꿈들이 하나, 둘 떨어지고 있기 때문이고, 이 세상의 삶이 아름답고 행복한 것은 낙타가시나무를 씹어 삼킨 대가로 피투성이의 삶을 살아가고 있기 때문이다. 비가 오고, 바람이 불고, 떠돌이풀이 자라나고, 만물이 소생한다.

너도 사막이고, 나도 사막이고, 우리들 모두가 다같이 사막이다. 사막이 아름다운 것은 너와 내가 모두가 다같이 서로가 서로에게 아름답고 풍요로운 오아시스가 되어주고 있기 때문이다. 사막의 시간은 행복의 시간이며, 불모지대인 사막이 오아시스로 변해가는 기적의 시간이다. 사막은 서서히 늙어가지만, 사막은 그때마다 서서히 그 푸르디 푸른 청춘을 되찾는다.

「사막의 시간」을 기적의 시간이자 행복의 시간으로 명상하게끔 해준 나의 아내와 임덕기 시인에게 무한한 존경과 감사의 말씀을 전한다.

사막은 낙천주의자의 문전옥답이며, 영원한 이상낙

원이다.

  인공지능과 유전자공학이 신의 존재를 말살했고, 모든 교회를 폐허로 만들었다. 나는 한국교회를 폐쇄하고자 한다. 이명박, 최순실, 유병언이라는 대사기꾼들만을 양산해낸 교회는 이미 그 존재가치조차도 없다.

  모든 목사들은 사기꾼들이며 그 어떤 참회와 반성도 모른다.

이영식
달은 감정노동자

달은 노동자라네
외발자전거 바퀴로 중천에 기어올라
천지간에 달빛 퍼주는 거라
달항아리 같은 지구를 돌면서
음과 양, 생체시계 조절하고
달거리를 맞춰주는 거라
그래야 첫울음 터뜨리며 아기가 태어나고
거북이도 수북하게 알을 낳는 거라

달은 비정규직이라네
38만4천km를 내달려온 파견근로자
사계절 출퇴근시간 다르고
대체인력이 없어 파업도 못한다네
뒤통수의 그늘 깊지만
서비스정신 투철하게 벙글거리는 달

주머니 탈탈 털어봤자 6펜스뿐인

몽상가의 턱이나, 시인의 가난한 창가에

날밤 새우는 비정규직의 일당은

최저임금도 비켜가는 거라

달은 감정노동자라네

달빛을 아이쇼핑하는 자들이여

손님은 왕이다

달에게 삿대질 하라

무릎 꿇게 하라

차고 기울면서 감정을 조절하는

달의 코밑까지 침 튀기며 甲질 해서

우울증 걸리게 하라

그러나, moon이자 門인 달

당신의 삶이 외통수에 걸렸을 때

궁지에서 탈출할 배 한 척이

머리 위에 정박하여 대기 중임을 잊지 마시라

이영식 시인의 「달은 감정노동자」이며, 외발자전거를 타는 배달부이고, 그의 임무는 온천하에 달빛을 퍼다 주는 것이다. 달항아리 같은 지구를 돌면서 음양의 생체시계를 조절해주고, 우리 인간들에게 달거리를 맞춰주는 산파이다. 달거리에 의해 임신이 가능하고, 달거리에 의해 첫울음을 터뜨리며 아기가 태어나고, 거북이도 수북하게 알을 낳는다.

하지만, 그러나 달은 비정규직이며, 38만4천km를 내달려온 파견근로자이고, 사계절 출퇴근 시간이 다른 감정노동자이다. 대체 인력이 없어 단 한 번의 결근이나 파업도 하지 않았고, 언제, 어느 때나 뒤통수의 그늘이 깊지만, 서비스 정신에 투철하다. 주머니 탈탈 털어봤자 6펜스(서머셋 모음, 『달과 6펜스』)뿐이고, 몽상가의 턱(오현정 시집, 『몽상가의 턱』)이나 시인의 가난한 창가에서 날밤을 새우지만, 달의 일당은 최저임금

도 비켜간다.

달은 감정노동자이며, 달빛을 아이쇼핑하는 자들은 언제, 어느 때나 제왕처럼 군림을 하며, 달에게 삿대질을 하거나 달을 무릎 꿇게 한다. 달은 차고 기울면서 감정을 조절하지만, 대부분의 인간들은 현대 서비스 산업의 주인공인 달에게 온갖 사나운 갑질로 더없이 괴롭고 힘든 우울증을 선사한다.

달은 자전거가 되고, 달은 달거리가 된다. 달은 비정규직 파견근로자가 되고, 달은 대체 인력이 없어 단 한 번의 결근이나 파업도 못한다. 서비스 정신에 투철한 달이 되고, 주머니 탈탈 털어봤자 6펜스 뿐인 달이 된다. 손님에게 무한한 갑질을 당하는 달이 되고, 그 갑질에 시달리다 못해 우울증에 걸린 달이 된다. 하지만, 그러나 "moon이자 門인 달"은 "당신의 삶이 외통수에 걸렸을 때" 당신들을 구원해 줄 수 있는 배 한 척이 되어준다. 이 배 한 척은 푸르디 푸른 하늘의 돛단배이며, 모든 근심과 걱정을 다 없애주는 감정노동자의 구원선이 된다.

달은 moon이 되고, moon은 門이 된다. 상상력이 자유로우면 말들이 춤을 추고, 말들이 춤을 추면 달

은 감정노동자로서 일인다역의 모노드라마의 주인공
이 된다. 「달은 감정노동자」는 이영식 시인의 상상력
의 승리이자 그의 시인 정신의 승리라고 할 수가 있다.
상상력이 새로우면 말들이 새롭게 되고, 말들이 새로
우면 앎(지혜)의 총체로서 제일급의 명시가 탄생을 하
게 된다.

달은 감정노동자이고, 달은 사회적 천민이다. 그 어
느 누구도 알아주지 않으며 온갖 사나운 천대와 멸시
뿐이지만, 그러나 그는 자기 자신의 직업에 남다른 긍
지를 갖고 있으며, 그 결과, 단 한 번의 결근이나 파업
을 해본 적도 없다. 초생달, 상현달, 보름달, 그믐달의
'달의 운행'은 자연의 법칙이 되고, 이 자연의 법칙은
음과 양의 생체시계를 조절해주고, 달거리를 통해 모
든 생산과 종족의 번영을 약속해준다. 값싼 임금과 값
비싼 생활비와 값싼 운행은 무보상적이며, 「감정노동
자」로서의 그의 노역은 외줄타기의 광대와도 같다. 외
줄은 외통수이고, 외줄의 생명은 추풍의 낙엽과도 같
다. 감정노동자는 사교도 모르고, 감정노동자는 연애
도 모르고, 감정노동자는 그 어떤 오락도 모른다. 언
제, 어느 때나 외줄타기라는 목표를 향하여 그의 단 하

나뿐인 목숨을 걸고, 드디어, 마침내 그 사회적 천역을 고귀하고 위대한 문화적 영웅의 성역으로 승화시킨다.

달은 moon이 되고 moon은 문이 된다. 이 문은 달이 돛단배를 저어 모든 낙오자들을 구원해주는 문이며, 달이 창출해낸 신세계의 문이다. 비천한 것과 위대한 것은 둘이 아닌 하나이며, 외줄타기의 양끝과도 같다. 공자, 맹자, 모세, 부처, 예수, 호머, 셰익스피어, 반고호, 모차르트, 프로이트, 니체, 마르크스 등은 자기 자신의 사회적 천역을 통해서 세계적인 대사상가가 된 문화적 영웅들이라고 하지 않을 수가 없다. 달은 이상낙원의 창조주이며, 최고의 재판관이자, 단 하나뿐인 구원자이다.

이영식 시인은 키가 크고, 가장 노래를 잘 부르고, 그의 상상력은 푸르디 푸른 밤하늘의 돛단배가 된다.

이경림
자정

　가죽혁대처럼 질기고 긴 길의 끝에서 나는 보았네 加
恩이라는 유리문을. 나는 보았네 그 속에서 수 세기가
내 몸을 돌아 나오는 것을. 지나간 들판 지나간 산 지
나간 마을회관 지나간 밤의 광장이 보여주던 무성영화
들. 나는 보았네 똥 장군을 지고 가는 장수아버지, 취
해 비틀거리며 골목을 돌아가던 아랫마을 김 영감, 어
머니는 부엌에서 국수를 삶고 있었네, 할머니는 방안
에서 어항 속 금붕어처럼 입을 벙긋거리며 이야기하고
있었네, 이마에 간대라 불을 단 광부들이 막장으로 가
는 비탈에 한 줄로 놓여 있었네 한 떼의 개미들처럼 나
는 보았네 검고 둥그렇게 서 있는 옥녀봉, 비탈에 자
지러지게 피어있는 도라지꽃, 구호물자를 받으려 줄
을 선 사람들, 악동 형태는 전봇대를 타고 고압선 쪽
으로 오르고 있었네. 그 아래, 누렁개 한 마리가 뉘엿
뉘엿 먹이를 찾아 다녔네. 아버지는 눈만 반짝이는 광

부들을 지휘하고 있었네. 황금빛 해가 옥녀봉 꼭대기에 우스꽝스레 걸려 있었네. 나는 보았네 멋쟁이 신 선생이 도래실로 가는 모롱이에서 어떤 키 큰 남자와 연애하는 것을, 봉암사 상좌승은 시주바랑을 메고 북쪽으로 가는 길 위 놓여 있었네. 나직한 돌담 너머 집들이 비틀 서 있었네

나는 보았네 어린 고염나무가 조랑조랑 매달고 있는 버거운 식구들을. 분홍 양산을 쓴 처녀들은 위험한 레일 위를 걷고 있었네. 도랑마다 물이 넘치고 둑방에는 문득 봄메꽃이 피어 있었네 검은 숲이 검은 새들을 날리고 있었네 나는 보았네 바람난 옥자가 검은 새를 타고 어디론가 날아가는 것을.

고통처럼 길고 질긴 가죽혁대가 그녀가 날아간 허공에 떠 있었네

* 가은, 도래실 : 경북 문경에 있는 마을 이름
* 봉암사 : 문경에 있는 사찰

여우는 죽어갈 때 고향 쪽으로 머리를 두고, 연어는 그토록 머나먼 망망대해를 거쳐 자기가 태어난 모천에서 산란을 하고 죽어간다. 그토록 오랫동안 공부를 하고 전세계를 다 돌아다녀도 인간은 좀처럼 변하지를 않는다. 이 세상에 태어난다는 것은 생득적이며, 자기가 태어나서 살던 곳을 잊는다는 것은 도저히 있을 수가 없다. 나는 누구의 자손이며, 어느 고장 사람이라는 표지는 나의 존재의 정체성을 보증해준다. 고향은 나의 젖줄이고 생명선이며, 고향은 나의 영원한 존재의 보증수표이다. 우리는 모두가 다같이 향수병자이며, 우리는 모두가 다같이 고향을 생각할 때는 더없이 맑고 순진한 어린아이처럼 그 생각은 회고적이 된다.

가죽혁대처럼 질기고 긴 길은 무성영화의 필름이 되고, '加恩이라는 유리문'을 통해서 무성영화를 보면, 지

나간 수세기가 내 몸을 돌아나온다. 지나간 들판, 지나간 산, 지나간 마을회관, 지나간 밤의 광장 등이 나타나고, 똥장군을 지고 가는 장수 아버지가 나타난다. 주정뱅이 아랫마을 김영감도 나타나고, 어머니는 부엌에서 국수를 삶는다. 할머니는 방안에서 금붕어처럼 입을 벙긋거리며 옛이야기를 들려주고, 이마에 간대라불을 단 광부들은 막장으로 가는 비탈에 한 줄로 서 있다. 검고 둥그렇게 서 있는 옥녀봉 비탈에는 도라지꽃들이 만발해 있고, 악동 형태는 전봇대를 타고 고압선 쪽으로 오르고 있고, 한 떼의 사람들은 구호물자를 받으려고 줄을 서 있다. 그 아래, 누렁개 한 마리가 뉘엿뉘엿 먹이를 찾아 다니고 있고, 아버지는 눈만 반짝이는 광부들을 지휘하고 있고, 황금빛 해는 옥녀봉 꼭대기에 우스꽝스럽게 걸려 있다. 나는 멋쟁이 신 선생이 도래실 가는 길모퉁이에서 어떤 키 큰 남자와 연애하는 것을 보았고, 나는 봉암사 상좌승이 시주바랑을 메고 북쪽으로 가는 것과 나직한 돌담 너머의 집들이 비틀거리며 서 있는 것을 보았다. 나는 어린 고염나무가 조랑조랑 매달고 있는 버거운 식구들을 보았고, 고향탈출을 꿈꾸는 분홍양산을 쓴 처녀들이 그토록 위험한

레일 위를 걷고 있는 것을 보았다. 도랑마다 물이 넘치고 둑방에는 몸메꽃이 피어 있는 것을 보았고, 검은 숲이 검은 새들을 날리고 있는 것을 보았고, 드디어, 마침내 바람난 옥자가 검은 새를 타고 어디론가 날아가는 것을 보았다.

은혜와 은혜를 더해주는 加恩—, 하지만, 그러나 이 아름다운 이름은 하나의 이름일 뿐, 그 실체가 없다. '加恩이라는 유리문'을 통해 바라보는 삶의 내용들은 온통 삶의 막장뿐이며, 검은 숲과 검은 새들이 그것을 증명해준다. 검은 숲은 음침하고 죽은 숲이며, 검은 새들은 저승사자의 새들처럼 그토록 흉흉하고 불길한 울음을 울고 있다. 똥장군을 진 장수아버지, 주정뱅이 아랫마을 김영감, 국수를 삶는 어머니와 옛이야기를 들려주는 할머니, 구호물자를 받으려고 줄을 선 사람들과 악동 형태, 눈만 반짝이는 광부들과 그 광부들을 지휘하는 아버지, 멋쟁이 신 선생과 키 큰 남자, 봉암사의 상좌승과 어린 고염나무처럼 조랑조랑 버거운 식구들을 매달고 있는 사람들, 그토록 위험한 레일 위를 걷고 있는 분홍양산을 쓴 처녀들과 검은 새를 타고 어디론가 날아간 옥자 등은 미래의 희망이 삭제된 '加恩이

라는 막장 드라마'의 주인공들에 지나지 않는다.

하지만, 그러나 왜, 이경림 시인은 너무나도 진지하고, 너무나도 서정적인 그리움으로 '加恩이라는 무성영화', 혹은 그 막장드라마를 육십 년도 더 지난 이 시점에서 되돌아보고 있는 것일까? 거기에는 다 그럴 만한 까닭이 있는데, 왜냐하면 「자정」은 모천회귀의 시간이며, 최후의 시간이기 때문이다. 「자정」의 시간은 회고적인 시간이며, 그리움의 무성영화를 되돌려 보는 시간이다. 그리움은 마술같은 힘을 지녔고, 이 그리움의 색채를 입히면 모든 것이 다 용서되고, 모든 것이 다 아름답고 사랑스럽게 변모된다. 검은 숲과 검은 새는 아름답고 넓은 터전과 길조吉兆가 되고, 고통처럼 길고 질긴 가죽혁대는 이 세상의 행복을 연주하는 삶의 역사가 된다. 이제 「자정」의 시간은 고통처럼 길고 질긴 가죽혁대의 시간을 벗어나 은혜에 은혜를 더하는 加恩의 시간이 되고, 이 세상의 막장드라마와도 같았던 加恩은 천하제일의 걸작품인 무성영화가 된다.

이 세상에서 가장 행복한 사람은 '그리움'이란 망원경으로 지난 날을 되돌아 보는 사람이고, 이 세상에서 가장 행복한 사람은 '그리움'이란 망원경으로 모든 삶

의 막장들을 '加恩'이라는 이상낙원으로 연출해내는 사람이다. 시인이 시를 쓸 때, 화가가 그림을 그릴 때, 학자가 글을 쓸 때, 가수가 노래를 부를 때, 그들은 모두가 다같이 그리움이라는 색채로 그 짧은 순간들을 천년, 만년의 행복으로 채색해 놓게 된다. 시는, 예술은 그 어떤 마약이나 알콜보다도 더욱더 강한 중독성을 갖고 있고, 이 중독성은 그 어떤 고통과 슬픔마저도 다 낫게 만들어 준다. 서정시의 그리움이란 "왔노라, 보았노라, 나는 나의 행복을 완성했노라"라는 모천회귀의 영원한 인생찬가라고 할 수가 있다.

고통처럼 질기고 긴 가죽혁대는 무성영화의 필름이 되고, '加恩'이라는 유리창을 통해서 그 영사기를 돌리면 한 편의 무성영화가 서정적인 분위기를 띠면서 그 옛날의 이야기를 펼쳐나간다. 모든 사물들과 모든 인간들이 검은 숲과 검은 새들이 되고, 이 검은 숲과 검은 새들이 加恩이라는 하늘을 날아오른다. 고통마저도 즐겁고 기쁘고, 이 세상은 바슐라르의 말대로 '찬탄의 총화'가 된다.

「자정」의 시간은 이경림 시인의 시간이며, 가은의 시간이고, 삶의 완성의 시간이다. 시인은 삶의 찬양자이

며, 이 시인이 있기 때문에, 우리는 늘, 항상 새로운 희망과 용기를 갖고 살아가게 된다.

분홍양산을 쓴 처녀들이 날아오르고, 옥자가 날아오르고, 멋쟁이 신 선생이 날아오르고, 봉암사 상좌승이 날아오르고, 검은 숲과 검은 새들이 날아오른다.

"왔노라, 보았노라, 나는 나의 행복을 완성했노라!"

최후의 시간, 구원의 시간, 자정의 시간이 날아오르고, 이경림 시인의 행복의 시간이 날아오른다.

현상연
휴대폰 중독

전철 안이나 거리 사람들,
모두 손 전화에 감염돼 있어요

좀비가 휴대폰 피를 빨고 있어요
손전화가 없으면
불안이 진도6까지 올라가요
음란성 광고, 매화 향기는 시체예요
배터리가 죽었어요
충전은 바이러스예요
푸른 핏줄이 돋아나는 액정
시체가 일어서고
멜론의 으스스한 음악이 흘러요
어디선가 눈감은 목소리가 들려요
액정 속엔 유령이 돌아다녀요

거리에 좀비들이 우글거려요

휴대폰은 한 눈 파는 운전자가 무서워요

전봇대도 눈감은 핸드폰과 부딪친 적 있어요

저기 또 좀비가 걸어오고 있어요

매화꽃과 교신중이네요

남쪽은 온통 꽃향기 중독이라지요

그 쪽 중독은 일시적인 거래요.

📖

오늘날 휴대폰은 좀비들의 일용할 양식이고, 좀비들은 휴대폰의 피로 살아 움직인다. "손전화가 없으면/ 불안이 진도 6까지 올라"가고, "음란성 광고와 매화 향기는 시체"가 된다. 휴대폰에서는 "멜론의 으스스한 음악이 흘러"나오고, "어디선가는 눈감은 목소리가 들려"오며, 휴대폰 액정 속에는 좀비들이 우글거리며 활보를 하고 돌아다닌다.

우리는 모두가 다같이 휴대폰 중독자들이고, 휴대폰에 중독되면 자기 자신들도 모르게 좀비들이 된다. 좀비들은 유령들이며, 이 유령들은 오늘도 붉디 붉은 피를 빨기 위하여 전봇대에 부딪치거나 자동차에 치여 죽는다. 남쪽 나라의 매화꽃이나 봄꽃 향기에 취한 중독자의 병은 일시적이지만, 휴대폰 중독자는 영원히 그 중독의 세계에서 빠져나올 수가 없다. 이제 휴대폰은 유령이 되고, 유령은 좀비가 된다. 이 유령들, 이 좀비

들은 그 모든 것을 다 소화시키고 그 모든 것을 다 할 수가 있다. 연애도 하고, 결혼도 하고, 이혼도 하고, 부부싸움도 한다. 웃기도 하고, 울기도 하고, 물건을 사기도 하고, 전쟁도 한다. 친구도 좋아하고, 배신 때리기를 좋아하고, 도둑질을 하기도 하고, 온갖 권모술수도 다 연출해낸다.

현대사회는 제4차 산업혁명의 사회이며, 제4차 산업혁명의 선도기술은 인공지능AI, 무인운송수단, 3D프린팅, 로봇공학, 신소재, 사물인터넷IOT, 블록체인, 유전자공학 등이라고 할 수가 있다. 하지만, 그러나 이 4차 산업의 주역은 휴대폰이며, 이 휴대폰이 우리 인간들의 영혼과 육체까지도 지배를 한다. 휴대폰은 마음의 창이자 우주로 열린 창이고, 휴대폰에서는 언제, 어느 때나 영화가 상영되고, 아름답고 감미로운 음악이 흘러나온다. 휴대폰은 너와 내가 만날 수 있는 대저택이고, 휴대폰은 너와 내가 사랑을 나눌 수 있는 비단금침이다. 실시간대로 물건을 사고 팔 수 있는 매장이고, 이 세상의 그 모든 보물들을 다 찾아낼 수 있는 자본가이다. 오늘날 우리는 휴대폰에게 예배를 드리지, 예수에게 예배를 드리지 않는다. 우리는 휴대폰의 열광적

인 신도들이며, 이제는 휴대폰이 내 목숨보다도 더 소중하다는 것을 믿어 의심하지 않는다. 만일, 목사들에게 휴대폰을 빼앗아 버린다면 그 날짜로 목사직을 사직할 것이고, 만일, 대학교수들에게 휴대폰을 빼앗아 버린다면 그 날짜로 대학교수직을 사직할 것이다. 만일, 대통령에게 휴대폰을 빼앗아 버린다면 그 날짜로 대통령직을 사직할 것이고, 만일, 대부호들에게 휴대폰을 빼앗아 버린다면 그 날짜로 인생사표를 쓰게 될 것이다. 그들은 모두가 다같이 어린아이들처럼 땅을 치며 통곡을 하고, 좀비들의 사타구니를 붙잡고 전지전능한 신의 존재를 아흔아홉 번은 부인하게 될 것이다.

휴대폰은 좀비들이고, 유령들이며, 휴대폰 중독은 이 세상의 쾌락 중의 최고의 쾌락이라고 할 수가 있다. 휴대폰 중독을 치료한다는 것은 도저히 불가능하며, 그것은 사형을 집행하는 것보다도 더 어렵다. 휴대폰 중독을 끊는다는 것은 목숨을 끊는다는 것보다도 더 어렵고, 휴대폰에게 복종을 한다는 것은 예수 그리스도를 숭배하는 것보다도 더욱더 엄숙하고 경건하다. "이 세상에서 수고하고 무거운 짐 진 자들이여, 다 내게로 오라! 내가 내 휴대폰의 세상에서 너희들의 붉디

붉은 피를 빨아 먹으며, 너희들이 행복하게 죽어가게 해주리니……"

휴대폰 25시. 그 어떤 구원의 손길도 다 끝난 시간—.

휴대폰 25시. 인간의 멸망과 유령사회의 신호탄이 쏘아 올려진 시간—.

현상연 시인의 「휴대폰 중독」은 현대문명비판의 시이며, 이 현대문명비판의 힘으로 '휴대폰 중독의 위험성'을 고발하고, 우리 인간들의 인문주의를 옹호하고 있는 가장 아름답고 탁월할 시라고 하지 않을 수가 없다.

휴대폰이 인간을 위해 있는 것이지, 인간이 휴대폰을 위해 있는 것이 아니다.

복효근
그리움의 속도

우체국 통유리창에
새가 연신 날아와 부딪쳐 죽더란다
우체국장은 맹금류 스티커를 유리창에 붙이고 있었
다

유리창에 되비치는 창공에 속았든가
유리창에 반사되어 제게로 날아오는 한 마리 새를 제
짝으로 알았을까

우체국 유리창을 통하여
새는 하늘 저 넘어 주소지로 저를 옮기고 말았는데

죽을 만큼의 힘으로 저쪽에 닿고 싶은 그 순간을
그리움의 속도라 부르겠다
서로에게 날아 오르려던 그 새들은 하나가 되었을까

그리운 저쪽으로 편지를 부치던 날이 언제였던가
나 지금
죽을힘을 다하여 이르고 싶은 그곳이 있기나 한가

그 먼 곳으로 제 생을 통째로 날려 보낸 새를 보며
우체국 생애안심보험에 대해 물으려다가
그냥 돌아온 날이 있었다

우리 한국인들은 문화 이전의 야만인이고, 이 야만인의 늪에 빠져서 좀처럼 헤어나오지를 못한다. 첫 번째는 건국이념이 없는 것이고, 두 번째는 오천 년의 역사를 자랑하면서도 민족통일이 왜 중요한지도 모른다는 것이다. 우리 한국인들이여, 하루바삐 야만인의 탈을 벗고 세계일등민족이 되고 싶은가? 만일, 그렇다면 이 세상에서 가장 고귀하고 위대한 홍익인간의 이념을 정립하고, 이 홍익인간을 양성해낼 수 있는 세계 제일의 교육제도를 창출해내지 않으면 안 된다. 우리 한국인들이여, 하루바삐 외세를 추방하고 진정으로 남북통일을 이룩해내고 싶은 꿈이 있는가? 만일, 그렇다면 하루바삐 미군을 철수시키고 남북이 서로 자유롭게 오고 가며 남북통일의 첫 단추를 꿰지 않으면 안 된다.

내가 대통령이라면 나는 이 세상에서 가장 고귀하고 위대한 홍익인간을 양성해내기 위하여 철학을 가

르치고 독서중심의 글쓰기 교육제도를 창출해낼 것이며, 곧바로 가까운 시일내에, 해마다 노벨상 수상자를 배출해낼 것이다. 내가 대통령이라면 삼천리 금수강산에 쓰레기 하나 없게 만들 것이고, 즉시 주한미군을 철수시키고, 그 어떤 국가보다도 더욱더 고귀하고 훌륭한 민족국가, 즉, 영원한 제국을 건설할 것이다. 해마다 주한미군 주둔비용을 유엔평화기금으로 출연하여 모든 세계인들이 기립박수를 치게 만들 것이고, 미군이 다시는 한반도에 들어오는 일이 없게 만들 것이다.

고귀하고 위대한 것은 고귀하고 위대한 민족에게 돌아가고, 더럽고 추한 것은 더럽고 추한 민족에게 돌아간다. 고귀하고 위대한 인간, 즉, 홍익인간의 첫걸음은 홍익인간의 양성이고, 그 두 번째는 하늘이 무너져 내려도 외세를 추방하고 주권국가를 건설하는 것이다. 단 하나의 길이 있을 뿐이고, 여기에는 더 이상의 선택의 여지가 없다. 죽기를 각오하면 살고, 살기를 각오하면 죽는다. 임전무퇴와 살신성인의 정신이 「그리움의 속도」를 낳고, 이 그리움의 속도는 '유리창 너머'의 영원한 제국의 세계로 우리 한국인들을 인도해 줄 것이다. 그리움의 속도는 기적의 속도이며, 이 기적의 속도

는 홍익인간과 남북통일과 영원한 제국의 꿈에 맞닿아 있다. 유리창 너머— 즉, 영원한 제국의 길이 비록, 수많은 새들(국민들)의 시체가 쌓이는 길일지라도 우리는 그 어떤 "생애안심보험"마저도 거절하고, "죽을힘을 다하여" 우체국 유리창을 들이받는 심정으로 전진하고, 또 전진하지 않으면 안 된다.

홍익인간이 된다는 것, 영원한 제국의 국민이 된다는 것은 소위 미국과 중국과 일본과 러시아보다도 더 뛰어나고 더 잘 살지 않으면 안 된다. 미국도 불구대천의 원수이고, 일본도 불구대천의 원수이다. 중국도 불구대천의 원수이고, 러시아도 불구대천의 원수이다. 소위 이 4대강대국들을 발밑으로 깔아뭉개버릴 수 있는 최고급의 지식으로 무장하고, 그들마저도 우리 한국정신과 한국문화에 스스로 자발적으로 경의를 표할 수 있도록 만들지 않으면 안 된다.

첫째도 철학공부, 둘째도 철학공부—그리고 마지막으로 최종적으로는 세계적인 사상가와 예술가의 민족이 되는 것이다.

나는 대한민국을 가장 고귀하고 위대한 국가로 만들

기 위해 태어났지만, 그러나 내 꿈을 도저히 실현시킬 방법이 없다.

내 『행복의 깊이』 네 권과 나의 책들을 읽어보면 여러분들은 나의 이 말을 이해할 수가 있을 것이다.

대한민국의 미래는 나의 두뇌에 달려 있다고 나는 자신 있게 말할 수가 있다.

오오, 그리움의 속도여!

오오, 죽을힘을 다해 날아갈 영원한 제국의 속도여!!

김광규
영산靈山

내 어렸을 적 고향에는 신비로운 산이 하나 있었다
아무도 올라가 본 적이 없는 영산이었다

영산은 낮에 보이지 않았다
산허리까지 잠긴 짙은 안개와 그 위를 덮은 구름으
로 하여, 영산은 어렴풋이 그 있는 곳만을 짐작할 수
있을 뿐이었다

영산은 밤에도 잘 보이지 않았다
구름 없이 맑은 밤하늘 달빛 속에 또는 별빛 속에 거
므스레 그 모습을 나타내는 수도 있지만, 그 모양이 어
떠하며 높이가 얼마나 되는지는 알 수 없었다

내 마음을 떠나지 않는 영산이 불현듯 보고 싶어, 고
속버스를 타고 고향에 내려갔더니, 이상하게도 영산은

온데간데 없어지고, 이미 낯선 마을 사람들에게 물어
보니, 그런 산은 여기에 없다고 한다

사십이불혹도 새빨간 거짓말이고, 오십이지천명도 새빨간 거짓말이다. 육십이이순도 새빨간 거짓말이고, 칠십이종심소욕불유구도 새빨간 거짓말이다.(吾十有五而志於學, 三十而立, 四十而不惑, 五十而知天命, 六十而耳順, 七十而從心所欲不踰矩) 사십에 사물의 이치를 제대로 아는 사람도 없고, 오십에 천명을 아는 사람도 없다. 육십에 남의 말을 순순히 다 듣는 사람도 없고, 칠십이 되어서 마치 도인처럼 그 모든 것을 다 해낼 수 있는 사람도 없다.

　　공자도 없고, 맹자도 없고, 노자도 없고, 장자도 없다. 부처도 없고, 예수도 없고, 시바도 없고, 제우스도 없다. 모든 경전들은 수많은 사람들의 지혜의 산물이지, 어느 특정한 사람의 저작물이 아니다. 문자가 보편화되고, 어느 누구나 책을 쉽게 읽고 책을 쓸 수 있게 되었지만, 그러나 지난 수천 년 이래, 그 옛날의 경전

보다 뛰어난 글을 쓴 저자는 단 한 사람도 없었다. 왜냐하면 모든 경전은 단 한 사람이 쓴 것이 아니라, 수많은 사람들이 수천 년이라는 시간을 통해서 다듬고, 또 다듬어 온 최고급의 지혜의 산물이기 때문이다.

「영산」은 있다. 공자와 맹자와 노자와 장자도 영산에 살고, 부처와 예수와 시바와 제우스도 영산에 산다.

「영산」은 없다. 공자와 맹자와 노자와 장자도 존재하지 않았고, 부처와 예수와 시바와 제우스도 존재하지 않았다.

「영산」은 존재하지 않는 듯 존재하고, 「영산」은 존재하는 듯 존재하지 않는다.

모든 신앙과 모든 믿음은 의지박약하고, 자기 철학이 없는 어릿광대들의 피를 빨아먹으며, 그 어릿광대들의 힘으로 살아간다.

「영산」은 없다.

김광규 시인의 「영산」은 이 판단력의 어릿광대들, 즉, 우리 종교인들의 신앙에 대한 사망선고라고 할 수가 있다.

이영혜
달팽이 계단과 능소화

이 높은 동네의 작고 붉은 나팔들
더 뾰족해진 입술로 더 뜨거운 여름을 뿜어대지
무엇이든 다 삽니다
가게 앞에 늘어선 뱃속 머릿속 드러난 퇴물들
냉장고 세탁기 텔레비전 컴퓨터
한 때를 관통하던 열기까지
달팽이 계단에 쭈그려 앉아
아랫녘 망연히 바라보며 부채질 하는
할매들 오래된 온기까지
축대 가득 거꾸로 매달려서 왼 여름 내 불어대지

모가지 채 떨어져 내려
후끈한 길바닥에 무덕무덕 쌓여도
어느 어느 꽃들처럼 눈길 받지 못해도
갈 데 모르는 시간처럼 아무데나 뒹굴어도

연신 태양빛 꽃 피고 지고 피고 또 지다가
계절 끝에서 무더기로 확 시들어 버릴 거지

너무나 더디 가는 여름
불 고문 같은 오후는 아스팔트 위에 눌어붙고
멀리 낮달이 떠도 쉽게 저녁은 오지 않고

달팽이계단 정류소를 오가는 마을버스 바퀴 아래로
도
이제 차갑지도 못한 에어컨 냉장고 위로도
사뿐, 한 번도 내뱉지 못한 그 말들을
입술 모아 뜨겁게 불어대고 한 몸 누이는 거지

그 옛날 능소화는 구중궁궐의 꽃이자 양반의 꽃이고, 궁녀의 꽃이었지만, 오늘날의 능소화는 달동네의 꽃이자 민중의 꽃이고, 여성의 꽃이다. 능소화의 사회적 지위와 명예가 민주화의 속도에 따라서 이처럼 변모를 해왔던 것이다. 이영혜 시인의 「달팽이 계단과 능소화」에서 '달팽이 계단'은 높은 곳, 즉, 달동네의 계단을 말하고, '능소화'는 그 달동네에서 무더기, 무더기로 환하게 핀 '민중의 꽃'을 말한다. 때는 한 여름의 오후이고, 그 장소는 달동네이며, 그 주인공은 '여성, 그리움, 자존심, 명예'라는 '꽃말'을 지닌 능소화이다. 이영혜 시인은 객관적이고 전지적인 관점을 소유하고 있으며, 「달팽이 계단과 능소화」라는 시극詩劇을 다음과 같이 전개시켜 나간다.

"이 높은 동네의 작고 붉은 나팔들/ 더 뾰족해진 입술로 더 뜨거운 여름을 뿜어"대며, '무엇이든 다 산다'

는 고물장사꾼의 나팔들이 되어준다. "가게 앞에 늘어선 뱃속 머릿속 드러난 퇴물들"도 사고, "냉장고 세탁기 텔레비전 컴퓨터/ 한 때를 관통하던 열기까지"도 산다. "달팽이 계단에 쭈그려 앉아/ 아랫녘 망연히 바라보며 부채질 하는/ 할매들의 오래된 온기까지"도 사고, 그 무엇이든지 다 산다고 "축대 가득 거꾸로 매달려서" 능소화는 온 여름내내 나팔들을 불어댄다.

능소화는 달동네의 꽃이자 민중의 꽃이고, 이제는 한 걸음 더 나아가, 그 아름답고 낭창낭창한 목소리로 판매원의 꽃이 되었다. 낙엽성 넝쿨식물인 능소화, 울타리, 시멘트벽, 야외학습장, 고목나무, 담장 등, 그 모든 것을 다 타고 올라가 한여름에 빨간색에 가까운 주홍색 꽃을 터뜨리는 능소화, 그 옛날 어여쁜 궁녀 소화가 죽어서 담장밑에 피었다는 능소화—. 하지만, 그러나 능소화는 '여성, 그리움, 자존심, 명예'라는 '꽃말답게' 그 사명감과 책임감이 무척이나 강하고 뛰어나다고 하지 않을 수가 없다. '여성, 그리움, 자존심, 명예'는 고귀하고 아름다운 말이며, 또한 그만큼 번식력과 생명력이 강하다고 하지 않을 수가 없다. 오점 없는 명예를 위해 살고, 오점 없는 명예를 위해 죽는다. 단 한

번 뿐인 생, '자, 우리 다같이 죽는거요! 가장 아름답
고 멋지게 죽는거요!'라고 능소화는 "모가지 채 떨어져
내려/ 후끈한 길바닥에 무덕무덕 쌓여도" 그 지조높은
나팔 소리를 거두어 들이지 않는다. "어느 어느 꽃들
처럼 눈길 받지 못해도" 좋고, "갈 데 모르는 시간처럼
아무데나 뒹굴어도" 좋다. "연신 태양빛 꽃 피고" 져도
좋고, "계절의 끝에서 무더기로 확 시들어" 버려도 좋
다. "너무나 더디 가는 여름/ 불 고문 같은" "아스팔트
위에 눌어" 붙어도 좋고, "낮달이 떠도 쉽게 저녁"이
오지 않아도 좋다. "달팽이계단 정류소를 오가는 마을
버스 바퀴 아래"도 좋고, " 이제 차갑지도 못한 에어컨
냉장고 위"도 좋다.

　　자, 무엇이든 다 삽니다!
　　자, 무엇이든 다 삽니다!

　　나의 명예를 걸고 말하건대, 내가 돈 많이 벌면 이
달동네를 최고의 부자촌으로 만들어줄 것이고, 내가
돈을 많이 벌지 못하면 한여름의 오후, 그 계절의 끝
에서 무더기, 무더기로 삼천궁녀처럼 떨어져 내려 죽

을 것이다.

오오, 태양빛 꽃다발로 불 고문 같은 한여름을 파는 능소화여!!

오오, 능소화처럼 이 세상의 '여성, 그리움, 자존심, 명예'를 파는 이영혜 시인이여!!

나도 그 옛날에 능소화처럼 구중궁궐을 뛰쳐나오는 죄를 지었다. 나는 이름없는 사람이 되었고 내 이름을 말하면 내 이름을 말하는 사람까지도 금기의 대상이 되었다.

이 '사상의 꽃'은 내가 나의 붉디붉은 피로 피우는 꽃이자 하늘도 감동시키려는 그만큼 간절한 울음의 꽃이다.

'사상의 꽃'은 능소화이다.

이 세상에서 가장 아름답고 멋진 죽음을 죽을 줄 아는—

백석
여승

여승은 합장하고 절을 했다
가지취의 내음새가 났다
쓸쓸한 낯이 옛날같이 늙었다
나는 불경처럼 서러워졌다

평안도의 어느 산 깊은 금덤판
나는 파리한 여인에게서 옥수수를 샀다
여인은 나어린 딸아이를 따리며 가을밤같이 차게 울
었다.

섶벌같이 나아간 지아비 기다려 십년이 갔다
지아비는 돌아오지 않고
어린 딸은 도라지꽃이 좋아 돌무덤으로 갔다

산꿩도 섧게 울은 슬픈 날이 있었다

산 절의 마당귀에 여인의 머리오리가 눈물방울과 같
이 떨어진 날이 있었다

📖

　인간이 인간으로서 이 세상의 삶을 거절하고 모든 욕
망을 버리고 산다는 것은 자연의 법칙에 반하는 행동
이며, 그것은 매우 어렵고도 힘든 수행자의 삶이 된다.
오직 진실한 말만을 해야 하고, 그 어떤 살생도 해서는
안 된다. 도둑질도 해서는 안 되고, 아름답고 예쁜 여
성과의 연애는커녕, 그 어떠한 음탕한 마음도 가져서
는 안 된다. 모든 욕망과 모든 소유물을 다 버리고, 이
'무소유의 기쁨'으로 '극락의 세계'를 연출해내는 것이
모든 승려들의 궁극적인 목표일 것이다.

　하지만, 그러나 산다는 것은 욕망을 갖는다는 것이
며, 아내를 얻고 자식을 낳는다는 것은 자연의 법칙,
즉, 종족의 명령인 것이다. 이 삶의 욕망과 종족의 명
령을 거절한다는 것은 가장 어렵고도 힘이 들며, 이 세
상의 삶을 거부하는 것과도 같고, 따라서 대부분의 사
람들은 출가수행자의 삶은 꿈도 꾸지를 못한다. 요컨

대 대부분의 출가수행자들은 이 세상과의 싸움에서 패배한 자들, 즉, 고아나 사생아, 또는 사업에 실패했거나 병든 자들이 주류를 이루었고, 그들이 자기 자신의 아픈 마음과 병든 상처를 치유하고, 그 깨우침으로 모든 사람들의 마음을 사로잡았던 것이다. 깨우침이 진리가 되고, 진리가 계율이 되고, 계율이 경전이 된다. 바로 이것이 모든 종교의 생성의 동기이자 그 기원이기도 했던 것이다.

여승이 시인을 보고 합장을 하며 절을 했다. 여승의 몸에서는 가지취의 냄새가 났고, 쓸쓸한 여승의 얼굴은 많이 늙어 있었다. 가지취는 취나물의 일종이며, 여승은 가지취를 삶고 있었던 모양이었다. "쓸쓸한 낯이 옛날같이 늙었다"는 것은 여승의 얼굴이 많이 늙었다는 것의 시적 표현이고, "나는 불경처럼 서러워졌다"는 것은 이 세상의 삶을 '헛되다'로 설명하는 불교의 경전을 뜻할 수도 있고, 다른 한편, 그만큼 신성하고 경건한 사원에서 나는 '불경스럽게'도 세속적인 삶을 떠올려 보았다는 것을 뜻할 수도 있다. 아무튼 나는 불경처럼 서러워졌고, 여승의 늙은 얼굴이 그 옛날처럼 펼쳐졌다.

평안도 어느 깊은 산골의 금점판이었고, 나는 파리한 여인에게서 옥수수를 산 적이 있었다. 여인은 온갖 투정을 부리며 생떼를 쓰고 있는 어린 딸아이를 때리며, 가을밤 같이 서럽게 울었다. 왜냐하면 돈을 벌러 "섶벌같이 나아간 지아비"를 기다린지 십년이 지났지만, 아직도 그 지아비는 돌아오지 않고 있었기 때문이다. 요컨대 옥수수를 삶아 팔며 어린 딸아이를 데리고 사는 여인의 삶은 이루 말할 수 없이 고단했을 것이지만, 그러나 그 어린 딸아이마저도 병이 들었고, 그 결과, 약 한 첩도 제대로 써보지도 못하고, 이 세상을 떠나갔던 것이다.

백수의 왕인 호랑이 앞에서 등을 보여서는 안 되듯이, 슬픔 앞에서도 등을 보여서는 안 된다. 하지만, 그러나 그녀는 어쩔 수 없이 등을 보였고, 그 결과, 지아비는 행방불명이 되었고, 단 한 점의 혈육인 어린 딸아이마저도 도라지꽃이 좋아 돌무덤으로 돌아갔다. 슬픔이 지아비가 되고, 지아비가 섶벌이 되었다. 섶벌이 어린 딸아이가 되고, 어린 딸아이가 도라지꽃이 되었다. 슬픔이 슬픔으로 덮쳐오고, 슬픔이 모든 삶의 기쁨과 행복들을 싹쓸이해갔다. 드디어, 마침내 산꿩도 섧게

우는 슬픈 날이었고, 그녀는 산 절 마당 어귀에서 눈물을 뚝뚝 흘리며 삭발을 하고 여승이 되었다.

백석 시인의 「여승」은 살아 있는 호수이고, 눈물이 만든 호수이다. 눈물의 호수는 슬픔의 호수이고, 이 슬픔의 호수에는 세 개의 강물이 흘러 들어온다. 첫 번째는 평안도 어느 금점판에서 옥수수를 삶아 팔며 가을밤같이 차갑게 울던 강물이고, 두 번째는 지난 십년 동안 섶벌(꿀벌)같이 돈을 벌러 나갔던 지아비를 기다렸지만, 어린 딸만이 도라지꽃이 좋아 돌무덤으로 돌아갔던 세월의 강물이고, 마지막으로 세 번째는 산꿩도 섧게 울던 날, 입산속리하여 산 절 마당 어귀에서 삭발을 하며 흘렸던 눈물의 강물이다. 모든 강물을 다 받아들이고도 더러워짐이 없는 호수, 이 호수에는 수많은 새들도 살고 있고, 수많은 물고기들도 살고 있다. 여승도 살고 있고, 시인도 살고 있다. 주지 스님과 보살도 살고 있고, 남편도 살고 있다. 딸아이도 살고 있고, 수많은 신도(독자)들도 살고 있다.

눈물과 눈물이 모여 강이 되고, 강물과 강물이 모여 호수가 된다. 백석 시인의 「여승」의 깊이는 슬픔의 깊이이고, 슬픔의 깊이는 호수의 깊이이다. "쓸쓸한 낮

이 옛날같이 늙었다", "섶벌같이 나아간 지아비 기다려 십년이 갔다", "어린 딸은 도라지꽃이 좋아 돌무덤으로 갔다", "산꿩도 섧게 울은 슬픈 날이 있었다" 등의 시구들은 백석 시인의 「여승」의 아름다움과 그 뛰어남을 증명해준다.

「나와 나타샤와 흰 당나귀」, 「고향」, 「남신의주 유동 박시봉방」, 「여승」 등의 시들은 백석 시인을 대한민국 최고 시인으로 만들었고, 자야 여사 김영한은 백석 시인의 영원한 연인으로서 그 이름을 남겼다. 여창가극과 궁중무의 명인이자 요정 대원각의 주인이었던 자야 여사는 그녀가 한 평생 모은 1,000억원 대의 재산을 시주하며, 이까짓 재산 따위는 백석의 시 한 편만도 못하다는 명언을 남겼다고 한다.

자못 호쾌하고, 그 울림이 크며, 백석 시인의 영원한 연인에 값한다고 하지 않을 수가 없다.

이용악

달 있는 제사

달빛 밟고 머나먼 길 오시리
두 손 합쳐 세 번 절하면 돌아오시리
어머닌 우시어
밤내 우시어
하아얀 박꽃 속에 이슬이 두어 방울

가정이 있고, 사회가 있고, 국가가 있다. 국가라는 거대한 조직체는 점조직 형태로 구성되어 있으며, 가정은 국가의 가장 작은 조직체라고 할 수가 있다. 인간은 국가나 사회 이전에 가정 속에서 태어나며, 이 출신성분은 그의 일생내내 꼬리표처럼 따라다닌다. 그가 태어난 것도 가정이고, 그가 밥을 먹고 자라난 곳도 가정이며, 그가 교육을 받고 자라난 곳도 가정이다. 가화만사성家和萬事成이란 말이 있듯이, 가정이 화목하면 그 모든 것이 다 이루어진다고 할 수가 있는 것이다.

아버지는 아이들의 아버지이고, 어머니의 남편이며, 우리들의 가정을 이끌어 나가고 있는 가장이다. 누가 가정의 경제를 책임지고 있는가? 누가 아이들의 교육을 담당하고 있는가? 누가 외부의 적을 물리치고 우리 가정의 평화를 창출해내고 있는가? 아버지는 하나님이고, 아버지는 스승이며, 아버지는 최후의 심판관이

다. 우리들의 생사여탈권을 쥐고 있는 것도 아버지이며, 어떠한 아버지를 두었느냐에 따라서 우리들의 운명이 달려 있다고 하지 않을 수가 없다.

무리를 짓는 동물, 즉, 사회적 동물은 가부장적인 사회이며, 그 모든 동물들은 절대군주제를 최선의 정치제도로 채택하고 있다. 들소나 영양의 무리도 그렇고, 늑대나 사슴의 무리도 그렇다. 개미나 꿀벌의 무리도 그렇고, 닭이나 하이에나의 무리도 그렇다. 절대군주제, 즉, 가부장적인 제도는 어떠한 전력의 낭비도 없이 사회적 위기에 대처할 수 있는 가장 좋은 제도이며, 그가 어진 군주라면 여러 사회적 재화들, 즉, 돈과 명예와 권력을 아주 공평하게 분배할 수가 있다.

현대사회는 민주주의 사회이고, 민주주의 사회는 자연에 반하는 제도이며, '애비'없는 후레자식들이 그 모든 전권을 휘두르는 사회라고 할 수가 있다. 이 애비없는 후레자식들이 사랑하는 남편을 잃고, "달빛 밟고 머나먼 길 오시리/ 두 손 합쳐 세 번 절하면 돌아오시리/ 어머닌 우시어/ 밤내 우시어/ 하아얀 박꽃 속에 이슬이 두어 방울"이라는 이용악 시인의 「달 있는 제사」의 그 한 맺힌 소망을 과연 어떻게 이해할 수가 있을 것이란

말인가? 아버지가 아버지답지 못하고, 대통령이 대통령답지 못한 것도 문제이지만, 아버지의 권위와 대통령이라는 권위를 한없이 깎아내리는 반사회적인 풍토가 더 큰 문제라고 할 수가 있다. 모든 조직체는 절대적인 서열제도로 이루어져 있으며, 이 서열제도를 부정하면 우리 인간들의 삶이 없어지게 된다. 제 아무리 민주주의 사회라고 해도 가장이 없는 사회와 대통령(왕)이 없는 사회는 존재할 수가 없다.

아버지는 하나님이고, 아버지는 스승이며, 아버지는 최후의 심판관이다. 모든 전지전능한 신들이란 이 아버지가 성화된 인물에 지나지 않으며, 이 아버지 숭배가 모든 종교의 근본목적인 것이다.

달빛 밟고 머나먼 길 오시어 우리를 사랑해주시고, 두 손 합쳐 세 번 절하면 돌아오시어 우리들의 행복을 창출해주기를 비는 것이 이용악 시인의 「달 있는 제사」의 가장 핵심적인 전언이라고 할 수가 있다.

"어머닌 우시어/ 밤내 우시어/ 하아얀 박꽃 속에 이슬이 두어 방울" 내리듯이, 그 기원의 간절함이 우리들의 어머니를 위대하게 만들고 있는 것이다.

이제 어머니가 아버지가 되고, 어머니가 모든 기적

의 주인공이 된다.

아버지가 훌륭해야 가정이 화목하고 국가가 강대強
大해진다. 어떤 민족이 고귀하고 위대한 민족인가는 어
떤 아버지들(민족의 영웅들)이 있었는가에 의해서 결
정된다고 해도 과언이 아니다. 모든 교육이 천재생산
의 교육인 까닭이 여기에 있는 것이다.

독서중심의 글쓰기 교육을 받은 선진국민과 주입식
암기교육을 받은 우리 한국인들과의 차이는 산 사람과
죽은 사람의 차이보다 더 크다.

강우현
목련의 말

언제 꺾인 것일까

길 쪽으로 뻗은 목련 가지

껍질인 듯 옹이인 듯

거칠게 아문 자리

괜찮다고 용서했다고 편안하다

산 것들에게 시간은 약이다

붓고 쑤셔서 숨쉬기조차 힘들었을

고통이 키운 성숙이 서른의 여인 같다

봄볕 통통히 물오른 날

초등학교 선생님이 급훈을 건다

하얀 액자 속에 든 글귀마다

불꽃 같은 가르침이 들었다

꿈은 하늘처럼, 마음은 해처럼, 생각은 별처럼*

비 바람 불어도 활짝 피라는 말

저 환한 글자들을 쳐다보면

가갸거겨 따라 하던 교실로 갈 것만 같다

나이 없이 가슴이 뛴다

* 목포 미항 초등학교 1학년 1반 급훈.

목련은 키가 10m 정도까지 자라며, 그 껍질은 회백색이고, 잎은 넓은 난형으로 되어 있다. 3~4월에 가지 끝에서 잎보다 먼저 하얀꽃이 피고, 이 하얀꽃은 마치 새로운 신세계처럼 고귀함과 거룩함의 상징이 된다. 목련은 겨울의 끝자락과 초봄의 경계에서 꽃을 피우기 때문에, 영하의 추운 날씨와 차디 찬 눈에 의해서 피해를 입을 때가 많이 있다.

"꿈은 하늘처럼, 마음은 해처럼, 생각은 별처럼"은 "목포 미항초등학교 1학년 1반 급훈"이지만, 그것을 「목련의 말」로 변주시키며, "비 바람 불어도 활짝 피라는 말"로 생동감을 불어넣어 준 것은 강우현 시인의 시적 재능이라고 할 수가 있다. 꿈은 하늘처럼 넓어야 하고, 마음은 해처럼 뜨겁게 타올라야 하고, 생각은 밤하늘의 별들처럼 수없이 퍼져나가지 않으면 안 된다. 영원한 제국을 건설하려면 꿈이 커야 하고, 영원한 제국

을 건설하려면 그 마음이 해처럼 타올라야 하고, 영원한 제국을 건설하려면 수많은 인간과 인간들이 밤 하늘의 별들처럼 조화를 이루지 않으면 안 된다. '꿈, 마음, 생각', 또는 '하늘, 해, 별'은 전인교육의 목표가 되고, 이 전인교육에는 '고통의 지옥훈련과정'이 예비되어 있는 것이다.

삶이란 싸움이고, 싸움이란 상처를 입히는 모든 것이다. 상처란 고통이고, 고통이란 살아 있음의 구체적인 증거이다. "꿈은 하늘처럼, 마음은 해처럼, 생각은 별처럼/ 비 바람 불어도 활짝 피라는 말"이 바로 그것이다. 이때에 비 바람은 외부의 적들의 총체이며, 목련 역시도 그 적들과의 싸움에서 크나큰 상처를 입은 바가 있었던 것이다. "언제 꺾인 것일까/ 길 쪽으로 뻗은 목련 가지/ 껍질인 듯 옹이인 듯/ 거칠게 아문 자리"가 그것을 말해주고, 또한, "붓고 쑤셔서 숨쉬기조차 힘들었을/ 고통이" 그것을 말해준다. 숨소리조차도 거짓말같은 비 바람, 마치 간이라도 빼어줄 것처럼 다가와서 꼭 해를 끼치는 비 바람, 언제, 어느 때나 배신을 밥 먹듯이 할 준비가 되어 있는 비 바람, 눈앞의 이익을 위해서라면 더욱더 노골적으로 총과 칼을 들이댈

준비가 되어 있는 비 바람—. 이 세상을 살아간다는 것은 이 적대자들과의 싸움이며, 이 적대자들과의 싸움이 있다는 것만으로도 이 세상의 삶은 살만 한 것이다. 상처는 훈장이 되고, 고통은 하늘을 찌를 듯한 환희에의 기쁨이 된다.

괜찮다고 용서했다고 환하게 핀 목련꽃, 붓고 쑤셔서 숨쉬기조차도 힘들었을 고통을 참고 견디며 환하게 핀 목련꽃—. 목련꽃은 서른의 여인과도 같고, 백의의 천사와도 같고, 그 고귀함과 거룩함은 전인류의 스승과도 같다.

봄볕 통통히 물오른 날

초등학교 선생님이 급훈을 건다

하얀 액자 속에 든 글귀마다

불꽃 같은 가르침이 들었다

꿈은 하늘처럼, 마음은 해처럼, 생각은 별처럼

비 바람 불어도 활짝 피라는 말

저 환한 글자들을 쳐다보면

가갸거겨 따라 하던 교실로 갈 것만 같다

나이 없이 가슴이 뛴다

하얗고 하얀 목련꽃 앞에서, 우리는 모두가 다같이 초등학생이 되고, 티없이 맑고 순수해진다. 목련은 하얀 불꽃이고, 하얀 불꽃은 일어남이다. 일어남은 밝힘이며, 밝힘은 이 세상에서 가장 멋진 신세계의 신호탄이다.

목련은 전인류의 스승이고, 목련은 불꽃이고, 목련은 영원한 제국의 횃불이다.

강우현 시인의 「목련의 말」은 내가 들은 가장 아름다운 말이며, 예순 다섯 살인 나로 하여금 초등학교 학생이 되게 한 전인류의 스승님의 말씀이다.

목련은 스승의 꽃이자 '불꽃의 가르침', 즉, '사상의 꽃'이다.

김준현
혼혈

믿과 밑
젎과 점과 접과 절
달과 닭과 닳
담과 답과 닦과 닥과 닻
낮과 낯과 낫과 낟과 낱
빛과 빗과 빚
잃과 잊

믿을 밑으로 읽는 나의 믿음은 버려집니다
개구리 해부도를 닮은 야시장에서 길을 잃어버리고
중국인과 한국인의 차이를 모르고
묻습니다, 무언가를 묻는 게 무덤은 아니니까요
러시아어에는 여성명사와 남성명사가 있는데
시계의 성별은 무엇입니까?
몇 시입니까?

맞습니다, 나는 혼혈이에요
혼혈은 나쁜 피와 쓸쓸한 피를 나눌 수 없어
몰랐습니다, 클수록 더
어두워지는 바나나가 달콤해서
그렇게 벗겼습니까?
그렇게 베었습니까?

시의 형식을 ㅅ1로 바꿔도 人1로 바꿔도 ㅅI로 바
꿔도
다 알아봅니다, 한국인들은
이게 말놀이입니까?
단 한 사람이 말하는 형식으로
시를 써보겠습니다

선과 악도 하나이고, 신과 악마도 하나이다. 남과 북도 하나이고, 동과 서도 하나이다. 음과 양도 하나이고, 남과 여도 하나이다. 진리와 허위도 하나이고, 흑과 백도 하나이다. 순종과 잡종도 하나이고, 잡종과 혼혈도 하나이다.

선도 없고, 악도 없다. 신도 없고, 악마도 없다. 남도 없고, 북도 없다. 동도 없고, 서도 없다. 음도 없고, 양도 없다. 남자도 없고, 여자도 없다. 진리도 없고, 허위도 없다. 흑도 없고, 백도 없다. 순종도 없고, 혼혈도 없다. 이처럼 이분법에 근거하여 선과 악을 나눈 것은 매우 자의적인 것이지, 그 어떤 절대적인 기준에 의한 것이 아니다. 모든 것은 하나이고, 이 하나의 근거는 원자로 설명할 수가 있다. 원자는 더 이상 나눌 수 없는 영원한 하나이지만, 그러나 이 원자와 원자들의 결합에 의하여 모든 사물들이 탄생하고 죽어간다. 원

자는 변하지 않지만, 이 원자들의 결합에 의하여 새로운 세계가 탄생한다. 파르메니데스는 그 어떤 변화와 운동의 가능성까지도 부인한 원자론자이고, 헤라클레이토스는 '만물은 유전한다'라는 변화론자라고 할 수가 있다. 파르메니데스의 입장에서 바라보면 더 이상 나눌 수 없는 것을 나누어 놓고, 상호간의 입장과 위치와 가치관에 따라서 사생결단식의 싸움을 벌이고 있는 것이 우리 인간들인지도 모른다.

김준현 시인의 「혼혈」은 모든 순혈주의자들에 대한 도전이며, 모든 혈통은 혼혈이다라고 선언한 시라고 할 수가 있다. "민과 밑/ 젊과 점과 접과 절/ 달과 닮과 닳/ 담과 답과 닭과 닥과 닻/ 낮과 낯과 낫과 낟과 날/ 빛과 빗과 빚/ 잃과 잇" 등은, 이 말들의 유사성만큼이나 혼혈과 순혈을 구분할 수가 없고, 그 결과, "맞습니다, 나는 혼혈이에요"라고 다소 도발적이고 충격적인 선언을 하게 된 것이다. "클수록 더/ 어두워지는 바나나가 달콤해서/ 그렇게 벗겼습니까?/ 그렇게 베었습니까?"라는 시구는 내가 혼혈이다라는 것을 바나나 껍질을 벗기듯이 벗겼다는 것이고, "시의 형식을 ㅅ1로 바꿔도 ㅅ1로 바꿔도 ㅅ1로 바꿔도/ 다 알아봅니다, 한

국인들은/ 이게 말놀이입니까?/ 단 한 사람이 말하는 형식으로/ 시를 써보겠습니다"라는 시구는 다소 말놀이처럼 보이더라도 '단 한 사람이 말하는 형식', 즉, 나 자신만의 독특한 기법을 연출해내겠다는 것을 뜻한다.

모든 시는 러시아 형식주의자들이나 프란츠 카프카가 역설한 것처럼 기법 이외에는 아무 것도 아니다. 새 술은 새 부대에 담아야 하듯이, 기법이 새로우면 새로운 세계(내용=사상)가 펼쳐지게 되는 것이다. "믿을 밑으로 읽는 나의 믿음은 버려집니다"도 좋고, "개구리 해부도를 닮은 야시장에서 길을 잃어버리"는 것도 좋다. "중국인과 한국인의 차이를 모르"는 것도 좋고, "러시아어에는 여성명사와 남성명사가 있는데/ 시계의 성별은 무엇입니까?/ 몇 시입니까?"라는 어리석은 질문도 좋다. 요컨대 말놀이도 좋고, 진지한 언어도 좋지만, "나쁜 피와 쓸쓸한 피를 나눌 수" 없기 때문에, "맞습니다, 나는 혼혈이에요"라는 다소 도발적이고 충격적인 선언이 더욱더 좋은 것이다.

시(사상)는 낙천주의를 양식화시킨 것이다. 마르크스는 '만국의 노동자여, 단결하라'고 외치기 이전에 공산주의자가 되었고, 칸트는 도덕법칙을 역설하기 이전

에 도덕군자가 되었고, 데카르트는 '나는 생각한다, 고로 존재한다'라고 외치기 이전에 사유하는 인간이 되었다.

'나는 혼혈아다'라고 말하기는 쉽다. 그러나 이 혼혈아의 정당성과 이 혼혈아들이 살아갈 새로운 세상을 창출해내기는 더욱더 어렵다. 안다는 것은 실천한다는 것이며, 실천한다는 것은 용기를 갖고 있다는 것이다. 앎은 뼈를 깎는 듯한 극기와 그 모든 욕망을 끊어버리는 자기 결벽으로부터 얻어진다.

김준현 시인은 더욱더 역사 철학적인 지식으로 무장을 하고, 새로운 이상형으로서의 혼혈아의 천국을 창출해내지 않으면 안 된다.

한이나
박씨공방의 목가구

소목장 박씨는 먹감나무 밑동을
방에 들이고 함께 잤다
벌레 먹고 벼락 맞고 천둥에 놀라, 속이 썩어
아름다운 무늬를 남길 줄 아는 먹감나무

한 달 열흘
나무의 숨소리를 듣고 제 숨소리를 들려준다
결마다 새겨진 나무의 전 생애,
함박꽃문紋 나뭇결에 소리를
섞어야 했다
수천수만의 잎새에 귀를 달아
제 살 속에 새겨넣어야했다

소목장 박씨는
옹이를 중심으로 흘러내린 나이테 결을 쓰다듬는다

깎고 문질러 벼린

경첩과 백통장식 그리고 동자와 쇠못으로 멋을 낸

감물빛 나비비밀 머릿장

숨을 불어넣은

맘 속 방안 머리맡이 환해진다

또 다른 세상 다른 길, 환생의 무늬를 꿈꾼다

인간이 자연을 모방하는 것일까, 자연이 인간을 모방하는 것일까? 자연주의(사실주의)와 탐미주의(예술 지상주의)는 이처럼 상호 적대적인 관계에 있지만, 때로는 자연주의가 참일 수도 있고, 때로는 탐미주의가 참일 수도 있다. 자연주의는 인간의 창작 능력을 무시하고, 탐미주의는 자연의 위대함을 무시한다. 현대사회의 문명과 문화는 반자연에 기초를 두고 있지만, 그러나 더욱더 넓게 바라보면 인간은 결코 자연의 품안을 떠나 살 수가 없다.

시를 쓴다는 것, 또는 명인이나 명장이 된다는 것은 그 대상과 하나가 된다는 것이며, 그것은 물아일체物我一體의 정신으로 설명할 수가 있다. 소목장은 먹감나무로 공예품을 만들기 이전에 먹감나무와 함께 살아야 하고, 그리고 그 먹감나무와 하나가 되지 않으면 안 된다. 먹감나무가 벌레를 먹었다면 자기 자신의 몸

안에도 그 벌레를 들이고, 먹감나무가 벼락을 맞고 천둥에 놀라 속이 썩었다면 자기 자신도 벼락을 맞고 천둥에 놀라 속이 썩지 않으면 안 되고, 그리하여 그 썩어감을 통해서 아름다운 삶의 무늬를 만들어 내지 않으면 안 된다.

"삶이란 또한 우리에게 상처를 입히는 모든 것이다. 우리에게 주어진 삶이란 이런 것이다. 병에 대해서, 우리는 오히려 병이 없이 어떻게 살 것인가 묻고 싶은 충동을 느끼지 않는가? 오직 거대한 고통만이 영혼의 최종적인 해방자인 것이다"(니체, 『즐거운 지식』). 상처(병)는 고통을 주고, 고통은 끊임없이 그 원인을 묻는다. 상처가 아름다운 삶의 무늬를 만들어 준다면 고통은 모든 천재적인 힘의 아버지가 되어준다. 아름다운 삶의 무늬를 만든다는 것은 하루도 아니고, 열흘도 아니며, 적어도 '한 달 열흘' 동안 나무의 숨소리를 듣고 제 숨소리를 들려주지 않으면 안 된다. "결마다 새겨진 나무의 전 생애"를 읽고, "함박꽃문紋 나뭇결에 소리를" 섞고, "수천수만의 잎새에 귀를 달아" 자기 자신의 살 속에 나무의 전생애를 새겨 넣지 않으면 안 된다.

소목장 박씨는 먹감나무가 되지 않으면 안 되고, 먹

감나무는 소목장 박씨가 되지 않으면 안 된다. 이 물아일체의 예술가의 정신으로 "옹이를 중심으로 흘러내린 나이테 결을" 쓰다듬고, 또, 그것을 깎고 문질러 "경첩과 백통장식 그리고 동자와 쇠못으로 멋을 낸/ 감물빛 나비비밀 머릿장"을 만들어 내게 된다.

자연도 감동하고, 먹감나무도 감동한다. 소목장 박씨도 감동하고, 한이나 시인도 감동한다. 감동은 만국의 공통언어이며, 이 감동은 자연주의와 탐미주의마저도 손을 잡게 한다. 자연주의와 탐미주의는 둘이 아닌 하나이며, 감동은 최고급 예술가 정신의 보증수표라고 할 수가 있다.

숨을 불어넣은

맘 속 방안 머리맡이 환해진다

또 다른 세상 다른 길, 환생의 무늬를 꿈꾼다

김예태

컵 라면

끓는 물을 만나면
어디서나
거침없이 몸을 푸는 이런 계집을 봤나
다래 넝쿨처럼 뒤엉켜
차라리 부러질망정 열지 않겠다던
허연 허벅지
해면처럼 부풀어 오른다

어쩌면 좋아 푼돈으로 거래되는 널
진열대 위에 얹혀놓고 저희들끼리 매겨버린 헐한 몸
값을
버석대는 옷을 벗겨 허덕이는 사내의 식욕이 지나
간 뒤
자취도 없어진 너의 자리엔
누런 정액 질펀하다

철모르는 아이들마저 네 살맛을 즐겨
자주 어미를 조른다는데

어쩌면 좋아 디지털 지지털
펄펄 끓는 IT 물살 속에서
뜸들이지 못하는 너의 사랑을

어떻게 하면 국수를 영구 보존할 수 있을까를 연구하다가 그것을 기름에 살짝 튀겨 건조시킨 것이 라면이라고 할 수가 있다. 이 라면에 다양한 스프와 조미료를 첨가한 것은 물론, 끓는 물만 부으면 단 몇 분만에 먹을 수 있도록 고안된 것이 컵라면이라고 할 수가 있다. 이제 컵라면은 용기容器의 혁명이며, 간편 식사의 대명사가 되었다. "다래 넝쿨처럼 뒤엉켜/ 차라리 부러질망정 열지 않겠다던/ 허연 허벅지"라는 시구는 청순한 여인의 성적 정조를 뜻하지만, 그러나 "끓는 물을 만나면/ 어디서나/ 거침없이 몸을 푸는 이런 계집을 봤나"는 일정한 조건, 즉, 자기 자신의 마음에 드는 상대를 만나면 거침없이 옷을 벗는 여인을 뜻한다. 옷을 입을 때는 청순한 여인이 되고, 옷을 벗을 때는 수치심을 모르는 여인이 된다. 컵라면의 모습과 그 생리를 너무나도 정확하게 알고 그것을 "거침없이 몸을 푸

는 계집"으로 표현해낸 것은 김예태 시인의 시적 승리라고 할 수가 있다.

　라면은 청순한 여인이 되고, 그 실천은 뜨거운 사랑이 된다. "허연 허벅지/ 해면처럼 부풀어" 오르는 여인은 푼돈으로 거래되는 거리의 여인을 말하고, 그 헐한 몸값을 치룬 사내의 식욕(성욕)이 지나간 뒤, 자취도 없이 사라진 너희 자리엔 누런 정욕이 질펀하게 된다. 이제는 조숙하고 철 모르는 아이들마저도 네 살맛을 즐기고, 그것은 너의 운명이 된다. 다래 넝쿨처럼 청순한 모습을 지녔지만 끓는 물만 만나면 어디서나 거침없이 몸을 푸는 사랑, 허연 허벅지 해면처럼 부풀어 오르지만, 푼돈으로 거래되는 사랑, 그 헐한 몸값을 치룬 뒤 누런 정액만 질펀하게 남게 되는 사랑—. 이제 모든 사랑은 디지털 사랑이 되었고, 이 디지털 사랑은 "펄펄 끓는 IT 물살 속에서" 거침없이 몸을 푸는 사랑이 되었다.

　그 옛날의 사랑은 아이를 낳고 행복한 가정으로 이어졌지만, 오늘날의 사랑은 아이와 행복한 가정은커녕, 1회용 소모품이 되었다.

　컵라면은 1회용 소모품이고, 컵라면의 사랑은 변태

이다. 변태는 종의 쇠퇴와 종의 몰락으로 이어지고, 그 모든 인간 관계가 끊어진 '디지털 사랑'은 이 시대의 우울한 노래가 되어가고 있다.

어쩌면 좋아 디지털 지지털
펄펄 끓는 IT 물살 속에서
뜸들이지 못하는 너의 사랑을

정현종

사물의 꿈

그 잎 위에 흘러내리는 햇빛과 입 맞추며
나무는 그의 힘을 꿈꾸고
그 위에 내리는 비와 뺨 비비며 나무는
소리 내어 그의 피를 꿈꾸고
가지에 부는 바람의 푸른 힘으로 나무는
자기의 생生이 흔들리는 소리를 듣는다.

사물이란 일과 물건을 지시하는 말일 수도 있고, 법률적으로는 사건과 그 목적물을 지시하는 말일 수도 있고, 철학적으로는 물질세계에 존재하는 구체적이고 개별적인 대상들을 통틀어 지시하는 말일 수도 있다. 정현종 시인의 「사물의 꿈」의 '사물'은 물질세계에 존재하는 구체적이고 개별적인 대상들을 통틀어 지시한다고 볼 수가 있고, 따라서 사물의 대표로서 '나무'를 선택했다고 할 수가 있다. 「사물의 꿈」은 대단히 철학적이고 역동적이며, 이 세상의 삶을 찬양하고 옹호하는 시라고 할 수가 있다.

　　나무(사물)는 그 잎 위에 흘러내리는 햇빛과 입 맞추며 그의 힘을 꿈꾸고, 나무는 그 위에 내리는 비와 뺨 비비며 소리내어 그의 피를 꿈꾸고, 가지에 부는 바람의 푸른 힘으로 나무는 자기의 생이 흔들리는 소리를 듣는다. 햇빛과 입을 맞추며 수많은 자양분을 흡수하

고, 그 위에 내리는 비와 뺨 비비며 푸르디 푸른 피를 만들고, 외부의 적, 즉, 가지에 부는 푸른 바람과 힘을 겨루며 '역발산기개세力拔山氣蓋世'로 삶의 기쁨을 만끽한다.

나무는 천 개의 팔과 천 개의 눈을 소유하고 있으며, 햇빛과 비와 바람 등, 그 어떠한 우연의 만남도 필연의 사건으로 변모시키고, 역사적 단절이나 논리적 비약을 허용하지 않는다. 그 잎 위에 흘러내리는 햇빛이 있어 행복하고, 그 위에 내리는 비가 있어 행복하고, 외부의 적—가지에 부는 바람—이 있어 행복하다.

적의 건강, 적의 지혜, 적의 위대함은 나무의 건강, 나무의 지혜, 나무의 위대함과 너무나도 정확하게 일치한다.

"가지에 부는 바람의 푸른 힘으로 나무는/ 자기의 생이 흔들리는 소리를 듣는다."

이 세상은 더욱더 강력한 적이 있어 아름답고 풍요로운 것이다.

정현종 시인의 「사물의 꿈」은 우연의 쳇바퀴를 필연의 힘으로 돌리며, '역발산기개세'로 삶의 기쁨을 만끽하고 있는 것이다.

명예는 저의 생명입니다. 생명과 명예는 하나입니다.
명예를 잃으면 생명도 잃고 맙니다.
— 셰익스피어

만일 내가 암에 걸린다고 하면 항암치료를 받지 않을
것이며, 내가 더 이상 인간다운 삶을 살 수 없도록 장애를
입거나 치매에 걸린다면 산소호흡기와 요양병원입원 등,
어떤 연명치료도 거부할 것이다.

내가 아름답고 품위있게 죽을 수 있도록 존엄사시켜 줄
것을 부탁한다. 천복약을 준비해둘 것이다.
— 반경환, 「유언장」, 2018년 4월 17일 오전 05시 작성

이희은
월식

엄마의 바다가 닫히면서
나의 물결은 시작되었네

오늘은 생일이면서 기일

빨간 장미와 흰 국화를 섞어 만든 꽃다발이
자정의 시간에 맞추어 배송되었네

알사탕을 굴려 녹일수록
입속에는 검은 안개만 깔리네

그림자와 함께 춤을 추는 밤
색이 다른 두 발은 자꾸 스텝이 엉키네

레퀴엠과 생일 노래가 교차하는 곳에서

나는 수런거리네

엄마가 미리 보낸 생일카드 안에는
압화처럼 유언만 말라붙어 있네

케이크에 촛불 대신 향을 꽂아놓고
나의 기도는 오래전에 늙었네

월식이란 달과 태양 사이에 지구가 있고, 이 지구의 그림자 때문에 달이 태양광을 반사할 수 없는 현상을 말한다. 이희은 시인의 「월식」은 이 자연의 법칙을 차용하여 엄마와 딸의 관계를 암유적으로 노래한 시라고 할 수가 있다. 암유란 비유법의 하나로 사물의 상태나 움직임을 암시적으로 나타내는 것을 말하며, 따라서 「월식」이란 '딸이라는 별'이 탄생하고, '엄마라는 별'이 그 일생을 마감하는 상태를 뜻한다.

때는 자정이고, 자정은 하루의 끝남과 새로운 하루가 시작되는 시간의 축으로 작용한다. 엄마의 바다가 닫히면서 나의 물결은 시작되었고, "오늘은 생일이면서 기일"이 되었다. 자정의 시간에 맞추어 배송된 빨간 장미는 생일축하의 꽃이 되었고, 다른 한편, 흰 국화를 섞어 만든 꽃다발은 망자를 위한 꽃다발이 되었다. "그림자와 함께 춤을 추는 밤"은 엄마라는 '유령 별'과 딸

이라는 '인간 별'이 춤을 추는 것을 말하고, 바로 그렇기 때문에, "색이 다른 두 발은 자꾸 스텝이" 엉킬 수밖에 없는 것이다. "알사탕을 굴려 녹일수록/ 입속에는 검은 안개만 깔리"고, "레퀴엠과 생일 노래가 교차하는 곳에서" 나는 어리둥절할 수밖에 없다. "엄마가 미리 보낸 생일카드 안에는/ 압화처럼 유언만 말라붙어" 있고, "케이크에 촛불 대신 향을 꽂아"놓은 "나의 기도는" 이미 "오래전에 늙었다."

할머니의 미래도 월식이었고, 할머니의 생애도 월식이었다. 엄마의 미래도 월식이었고, 엄마의 생애도 월식이었다. 나의 미래도 월식이었고, 나의 생애도 월식이었다.

생일이자 기일인 월식, 장송곡과 생일노래가 교차하는 월식, 압화처럼 유언마저도 말라붙고 기도마저도 오래 전에 늙어버린 월식―. 더 이상의 탄생과 성장이 멈춘 24시, 모든 생명체들의 최후의 시간인 24시, 이제는 '월식'이라는 '잔혹극'이 끝나고, 모든 역사의 발걸음이 그 움직임을 멈춘 시간이 되었다고 해도 과언이 아니다.

어떤 사람은 늙었어도 더욱더 젊게 살아가고, 어떤

사람은 이팔청춘인데도 애늙은이처럼 살아간다. 희망이 있다는 것은 삶의 의지가 있다는 것이고, 삶의 의지가 있다는 것은 최악의 사태마저도 삶의 기쁨으로 받아들인다는 것이다. 절망한다는 것은 삶의 의지가 없다는 것이고, 삶의 의지가 없다는 것은 그 어떠한 희망은커녕, 자기 자신의 젊음마저도 포기해 버리겠다는 것을 뜻한다. 희망은 고통을 데리고 놀고, 절망은 고통 앞에 무릎을 꿇는다. 할머니의 일생도 월식, 엄마의 일생도 월식, 나의 일생도 월식인 상태는 모든 미래의 희망이 차단된 것이고, 더 이상의 삶은 아무런 의미가 없는 것이다.

하지만, 그러나 인간은 원자폭탄 속에서도 살아 남았고, 아우슈비츠에서도 살아 남았다. 엄마의 생애를 찬양하고, 엄마의 명복을 기도하며, 엄마의 유언을 받들어 꽃 중의 꽃인 장미로 피어나는 것이 그토록 어렵고 불가능한 것일까? 나는 그 어떠한 최악의 사태 속에서도 이 세상을 함부로 비방하고 헐뜯어서는 안 된다고 생각한다. 내가 나로서 살고, 우리 한국인들이 영원한 제국의 시민이 되는 것이 천만 분의 일의 가능성에 불과할 지라도 우리는 그 천만 분의 일의 가능성을

위해서 노력하지 않으면 안 된다.

죽은 사람은 죽은 사람이고, 산 사람은 산 사람이다.

자정의 시간은 새로운 인간이 탄생하는 시간이고, 이 새로운 인간을 위하여 「월식」이라는 장막이 걷혀지고 있는 것이다.

나는 초등학교밖에 다니지 못했고, 상점종업원으로 십대소년 가장을 한 적도 있었다. 이제는 대한민국 최초로 낙천주의 사상가가 되었고, 우리 한국인들을 '사상가와 예술가의 민족', 즉, '고급문화인'으로 인도하기 위하여 최선의 노력을 다하고 있다. 우리 한국인들이 고급문화인이 되는 것이 불가능하고, 비록 그것이 천만분의 일의 가능성에 불과하더라도, 나는 나의 꿈을 내팽개쳐버리고 싶지는 않다. 2천년 후, 3천년 후 실현된다고 하더라도 우리는 우리의 꿈을 버려서는 안 된다.

유홍준 이혜선

김다솜 이서빈

임현준 황지우

김용택 안도현

김　은 송종규

송찬호 김지요

조옥엽 이문재

오현정 정일근

유홍준
오월

벙어리가 어린 딸에게
종달새를 먹인다

어린 딸이 마루 끝에 앉아
종달새를 먹는다

조잘조잘 먹는다
까딱까딱 먹는다

벙어리의 어린 딸이 살구나무 위에 올라앉아
지저귀고 있다 조잘거리고 있다

벙어리가 다시 어린 딸에게 종달새를 먹인다
어린 딸이 마루 끝에 걸터앉아 다시 종달새를 먹는다

보리밭 위로 날아가는

어린 딸을

밀짚모자 쓴 벙어리가 고개 한껏 쳐들어 바라보고

있다

유홍준 시인의 「오월」은 매우 참신하고 기발한 발상이며, 그의 장난기 섞인 '동화적 상상력의 극치'라고 할 수가 있다. 참신하고 기발한 발상은 가장 독특하고 독창적이라는 것을 뜻하고, '장난기 섞인 동화적 상상력의 극치'라는 것은 벙어리 아버지가 그의 어린 딸에게 종달새를 먹인다는 것을 뜻한다. "벙어리가 어린 딸에게/ 종달새를 먹인다." "어린 딸이 마루 끝에 앉아/ 종달새를 먹는다." "조잘조잘 먹는다/ 까딱까딱 먹는다." 따라서 종달새를 먹은 어린 딸아이는 살구나무 위에 올라앉아 지저귀고, 그것이 대견해서 벙어리가 다시 어린 딸에게 종달새를 먹이면, 어린 딸은 마루 끝에 걸터앉아 다시 종달새를 먹는다. 종달새를 조잘조잘 먹고, 종달새를 까딱까딱 먹은 어린 딸은 드디어, 마침내 아버지의 뜻대로 오월의 푸른 하늘을 자유 자재롭게 날아오르는 종달새가 된다. 종달새는 봄의 전령사이고,

종달새는 자유의 상징이다. 종달새는 명창이고, 종달새는 제일급의 연설가이다.

하지만, 그러나 이러한 '동화적 상상력의 극치'에 반하여 "벙어리가 어린 딸에게/ 종달새를 먹인다"는 발상은 벙어리 아버지로서는 피 눈물이 맺힌 한의 소산이라고 할 수가 있다. 반고호의 「슬픔」이라는 그림이 떠오르고, 뭉크의 「절규」와 파블로 피카소의 「게르니카」가 떠오르기도 한다. 사물을 보고 판단할 수 있는 언어와 새로운 지식을 배우고 전달할 수 있는 언어와 자기 자신의 마음과 감정을 표현할 수 있는 언어(말)를 상실한 벙어리는 이미 사회적 능력을 잃어버린 장애인에 지나지 않으며, 이 장애인의 한을 품고 어린 딸에게 종달새를 먹이고 있는 것이다. 진정으로 슬프고 한이 맺힌 자는 웃음으로 울고, 그 웃음으로 그 한을 승화시킨다.

때는 「오월」이고, 오월 어느 날, 유홍준 시인은 시골 길을 걷다가 벙어리 아버지와 어린 딸이 서로서로 장난을 치며 노는 것을 본 모양이다. 푸르고 푸른 보리밭과 종달새들이 끊임없이 날아오르며 제 짝을 찾고 있는 풍경 속에다가 벙어리 아버지와 어린 딸의 모습을 극적으로 삽입시켜 본 것이다. 극적인 만큼 참신하고 기발

하게 되었고, 극적인 만큼 실제로는 가능하지도 않은 '종달새 먹이기'를 '세계적인 사건'으로 연출해내게 되었던 것이다. 벙어리가 어린 딸에게 종달새를 먹이면 어린 딸 아이는 아무런 거부감이나 저항감도 없이 조잘조잘 먹고, 까딱까딱 먹는다. 살구나무 위에 올라앉아 먹고, 마루 끝에 걸터앉아 먹고, 그 결과, 마침내 종달새가 되어 보리밭 위로 날아간다. 벙어리 아버지의 부성애는 엄동설한까지도 녹이고, 보리밭 위로 날아간 딸아이를 바라보며 너무나도 밝고 환하게 웃는다. 밀짚모자는 왕관이 되고, 벙어리 아버지는 제일급의 명창이자 제일급의 연설가인 딸 아이의 창조주가 된다.

벙어리 아버지의 웃음은 울음이 되고, 이 울음은 절규가 된다. 절규는 벼랑끝이고, 벼랑끝에서는 모든 것이 가능해진다.

벙어리 아버지의 절규가 기적을 낳고, 종달새는 이 기적의 힘으로 날아오른다.

"딸아, 딸아, 나의 딸아! 부디 부디 종달새처럼 말도 잘 하고, 노래도 잘 부르고, 푸르고 푸른 하늘을 자유자재롭게 날아다니거라!"

오월은 유홍준 시인의 「오월」이고, '벙어리 아버지

의 부성애'로 종달새가 날아오르고, 또, 날아오른다.

이혜선

빈젖요양원

장미요양원의 꽃씨할머니
열 명이나 되는 새끼들이 아귀같이 빨아먹었다

새싹 밀어올리느라 젖먹던 힘까지 다 써버린 흰 뿌
리,
쭈그러진 껍질만 우주의 절벽에 매달려 있다
누군가 손으로 누르기만 해도 바스락
그마저 무너져 내리는, 매미허물이다

시든 장미꽃잎에 비 한 줄금 지나가고
따슨 햇살 비낀 오후 한나절

절벽 가에 나란히 앉아서 서로서로
지나온 허공 더듬어 보는 껍질들의 시간
말라버린 빈젖만이 앞가슴에 쭈글쭈글,

덜렁덜렁 흔들리고 있다

막 돋기 시작하는 아이들 잇바디,

깨물던 그 아픔을 기억할 때만 흐물흐물한 잇몸

드러나도록 웃어보는

빈젖동네, 빈젖요양원

소행성 B-612 어린왕자의 장미원에는

요양병원은 꿈에도 모르는 새 장미꽃만 핀다

죽음은 탄생의 결과이고, 죽음은 삶의 완성이다. 늙음은 죽음으로 가는 길목에 있으며, 자기 스스로를 비우고, 모든 것을 다 주고 떠나가지 않으면 안 된다. 젊음은 아름답고 늙음은 추하지만, 그러나 이혜선 시인의 「빈젖요양원」은 늙음마저도 더없이 거룩하고 성스럽다는 것을 가장 시적으로 보여주고 있다고 하지 않을 수가 없다. "장미요양원의 꽃씨할머니"는 "열 명이나 되는" 자식들을 다 키웠고, 이제는 "새싹 밀어올리느라 젖먹던 힘까지 다 써버린 흰 뿌리"로 "우주의 절벽에" 간신히 매달려 있다. 새로운 말들의 우주가 탄생했고, 새로운 꽃들이 자라나, 우주에는 가장 아름답고 찬란한 말들의 꽃이 만발해 있다.

우주를 낳고, 우주의 꽃들을 피우고, 우주의 절벽에 매달려 있는 꽃씨 할머니, "시든 장미꽃잎에 비 한 줄금 지나가고/ 따슨 햇살 비낀 오후 한나절", "절벽 가

에 나란히 앉아서 서로서로/ 지나온" 시절을 이야기하
는 꽃씨할머니, 비록, "말라버린 빈젖만이 앞가슴에 쭈
글쭈글/ 덜렁덜렁 흔들리고" 있지만, "막 돋기 시작하
는 아이들 잇바디/ 깨물던 그 아픔을 기억할 때만" "흐
물흐물한 잇몸"으로 환하게 웃어보는 꽃씨할머니—.
꽃씨할머니는 어머니의 어머니이며, 우주꽃밭의 창조
주이다. 인간은 죽지만 영혼은 죽지 않는다. 꽃씨할머
니의 영혼은 자자손손, 대대로, 우리 인간들의 몸과 마
음 속에 살아 있고, 죽어감으로써 더욱더 거룩하고 성
스럽게 살아 있는 것이다.

빈젖동네, 빈젖요양원에서 영원히 마르지 않는 샘
물이 솟아나고, 이 샘물이 모여 강이 되고, 바다가 된
다. "소행성 B-612"도 꽃씨할머니가 낳았고, 소행성
B-612의 장미정원도 꽃씨할머니가 가꾸었고, 모든
어린왕자들도 꽃씨할머니의 젖을 먹고 자라났다.

이 세상이 아름답고 행복한 것은 "빈젖동네, 빈젖요
양원"이 있기 때문이다.

이혜선 시인은 이 세상의 삶을 찬양하는 낙천주의자
이다. 어느 누구도 주목하지 않는 요양원을 빈젖요양

원으로 성화시키고, 그 아름답고 비옥한 우주에다가 꽃씨할머니들의 영원한 보금자리를 마련해주었다. 이혜선 시인의 말의 힘에 의하여 빈젖요양원은 우주가 되고, 매미허물같은 꽃씨할머니의 빈젖을 먹고, 이 우주의 어린왕자들이 살아간다.

시는 시인의 은총과도 같은 꽃다발이며, 이 세상에서 가장 소중한 '사상(말)의 꽃'이다. 너무나도 아름답고 너무나도 거룩한 「빈젖요양원」, 이 「빈젖요양원」은 우리들의 영원한 이상낙원이다.

김다솜

나를 두고 나를 찾다

턱을 내리고 다시 약간 위로 다시 옆으로 올리고
OK. 혼자 나가기 싫어 동반 가출한 나를 찾으러 갔지
요 어딘가 있을 나를 찾아 지갑 속마다 주머니 달린 옷
마다 털어봤지만 없었지요 서랍을 열어봐도 없었지요
그 동안 나는 나인 줄 알았으나 알고 보니 나는 없고 그
가 나였다니요 점프하듯 현기증이 나고 소리 없는 한숨
이 나왔어요 그러나 그것이 있어야 살아 있는 목숨, 어
쩌다 나를 잊어버리고 찾아 헤매는데 어제 찍은 사진
을 보여주니 법法, 법이 바뀌었다며 여권사진처럼 귀와
눈썹 다 내놓고 아카시아 향기와 함께 다시 찍어 오라
합니다 자격증, 수료증, 졸업장, 이력서…… 은행, 동
사무소, 여권 발행처…… 나는 내가 진짜인지 가짜인
지 확인 하러 다녔지요 나는 여기에 있는데 수없이 나
를 복사했지요 지금 세상에 나는 없고 나만 있지요 나
를 찾지 못해 운전도 못하고 하루하루 기다렸지요 나

는 어디로 갔을까요 분홍 루즈를 바르고 눈썹을 짙게 그리고 다시 찍은 사진 가지고 주민센터 갔다가 경찰 서 갔다가 결국 나를 가출 신고합니다 가출하고 싶어 도 가출할 시간도 없이 살아 온 나를 두고 가출한 나는.

김다솜 시인의 「나를 두고 나를 찾다」는 자기 증명이

불가능한 현대사회의 소외현상을 노래한 시이며, 영원

히 내가 아닌 타인이 되어버린 자의 한탄의 노래라고

할 수가 있다. 나는 누구이며, 나는 누구의 자손인가?

나는 과연 영혼이 있고, 나는 과연 신의 선택을 받은

존재인가? 하지만, 그러나 이러한 여러 질문들에 대한

대답은 그 어느 것도 정답이 아니며, 따라서 '인간존재

론'은 판단중지된 존재론에 지나지 않는다. 나는 없고,

나 아닌 나만이 존재한다. 나 아닌 나, 즉, 타인이 나

의 주인이 되고, 실제의 나는 유령이 된다. 나 아닌 나,

즉, 타인은 자격증, 수료증, 면허증, 여권 등으로 증명

이 되지만, 실제의 삶을 살고 있는 나는 은행, 학교, 동

사무소, 관공서 등, 그 어느 곳에서도 인정을 해주지

않는다. 나는 나로부터 소외된 것이고, 이 소외의 극복

은 영원히 불가능하다. 왜냐하면 현대사회는 가짜(복

사본)들이 진짜보다 더 진짜 행사를 하는 '적반하장賊
反荷杖의 예법'의 사회이며, 모든 초월성이 종언을 고한
사회이기 때문이다.

　김다솜 시인의 "턱을 내리고 다시 약간 위로 다시 옆
으로 올리고 OK"라는 시구는 사진관에서 증명사진을
찍을 때의 대사이며, 따라서 시인이 사진을 찍었다는
것은 사진을 제출해야 할 곳이 생겼기 때문이다. 따라
서 시적 화자는 최근의 증명사진이 있을까봐 지갑과
주머니와 서랍 속을 다 뒤져보았지만, 그러나 나는 가
출하고 없었던 것이다. "혼자 나가기 싫어 동반 가출
한 나를 찾으러 갔지요 어딘가 있을 나를 찾아 지갑 속
마다 주머니 달린 옷마다 털어봤지만 없었지요 서랍을
열어봐도 없었지요"라는 시구가 그것을 말해준다. 요
컨대 시적 화자는 최근의 증명사진의 부재현상 때문에
"그 동안 나는 나인 줄 알았으나 알고 보니 나는" 나가
아니었다는 사실을 깨닫게 된다. 이 깨달음은 크나큰
충격이고, 점프하듯 튀어오르는 현기증이며, 또한, 이
깨달음은 소리없이 터져 나오는 한숨이었다. 나는 나
인데, 사진 속의 그가 나라니, 이제는 그를 찾아서 나
의 존재를 증명하지 않으면 안 된다. 어제 찍은 사진,

즉, 그 옛날의 사진을 보여주니 법이 바뀌었다고 "여권 사진처럼 귀와 눈썹 다 내놓고 아카시아 향기와 함께 다시 찍어 오라"고 한다.

나는 나로서 증명이 안 되고, 사진 속의 나로서만 증명이 된다. 나는 자격증 속에 있고, 나는 수료증 속에 있다. 나는 졸업장 속에 있고, 나는 이력서 속에 있다. 나는 살아 있고, 사진 속의 나는 죽어 있다. 하지만, 그러나 그 죽은 나가 세포분열하듯이 무수히 복사되어가면서, 실제로 살아 있는 나의 멱살을 움켜쥐고 목을 졸라버린다. "나는 여기에 있는데 수없이 나를 복사했지요 지금 세상에 나는 없고 나만 있지요"라는 시구는 사진 속의 나, 즉, 가짜의 나가 실제의 나를 죽여버렸다는 것을 뜻한다. "나는 어디로 갔을까요"라고, 아무리 되물어 보아도 나는 없고, "분홍 루즈를 바르고 눈썹을 짙게 그리고 다시 찍은 사진 가지고 주민센터 갔다가 경찰서 갔다가 결국 나를 가출 신고"해보아도 나는 존재하지 않는다. 실제로 살아 있는 나는 어느 누구도 인정을 해주지 않지만, 나 아닌 나, 즉, 사진 속의 그는 만인들로부터 인정을 받는다. 실제의 나는 유령이고 존재하지 않지만, 죽은 시체에 불과한 사진 속의 나

는 너무나도 싱싱하고 멋지게 살아 있다.

현대사회는 복사본의 사회이며, 이 복사본들이 진짜보다도 더 진짜 행사를 하는 '적반하장의 예법의 시대'라고 할 수가 있다.

나는 어디로 갔을까요? 나는 어디로 갔을까요? "가출하고 싶어도 가출할 시간도 없이 살아 온 나를 두고 가출한 나는" 과연 어디로 갔을까요?

너도 가짜이고, 나도 가짜이다. 살아 있는 모든 것은 다 가짜이며, 영혼이 없는 나(복사본—타자)만이 진정한 인간이라고 할 수가 있다.

김다솜 시인의 「나를 두고 나를 찾다」는 '인간존재론의 진수'이며, 그의 역사 철학적인 성찰의 결과라고 할 수가 있다.

너무나도 충격적이고, 너무나도 고통스럽다. 이 충격—이 고통이 모든 시의 텃밭이며, 내가 시를 '사상의 꽃'이라고 명명한 까닭이 여기에 있는 것이다.

이서빈
결

나무의 결은 나무의 나이고
물결은 물의 나이입니다.

나무의 나이는 나무가 죽어야만 알 수 있어요. 결을
보는 것은 조문하는 일입니다. 고요한 물의 나이를 알
려면 돌멩이 하나 던져보면 되지요.

잠깐 보여주고 사라지는 물의 나이
어느새 출몰했다 사라지는 뼈들입니다.

세상의 것들은 결을 간직하고 있지요. 반질반질한
머릿결. 여전히 가르마로 옛날 나이를 고집하는 할머
니는 한 번도 구불구불한 머릿결을 가진 적 없지요.

결국 나이를 감추고 있다는 뜻이지요.

나이를 걷어내면 결은 곧 사라져요.

봄 들판에 출렁이는 결, 어린 나이도 있고 늙은 나이
도 있지요. 가지런하고 걸음이 일정한 숨결. 나긋나긋
하던 결이 거칠어지면 오래지 않아 굳어요. 들판을 어
지럽히는 바람결에 봄 살결은 늙거나 시들어 가지요.
바람결로 나이를 먹고 시들어가는 들판이에요.

살아있는 것들은 둥근 내면의 결을 가지고 있어
여린 것일수록 결이 보드랍게 잘 휘지요.

가끔 손 없는 이불 결이 꿈결을 쓰다듬는 날이면 하
늘은 연한 육질을 위해 햇빛과 별빛을 결대로 찢지요.
모든 결에서 비린내가 나는 이유지요.

청결이나 미결 같은 엉뚱한 단어들이
결사이로 끼어들기 때문이지요.

이서빈 시인은 언어에 대한 남다른 관심을 갖고 있고, 그의 시들은 언어학적으로도 대단한 깊이와 그 넓이를 자랑한다. 깊이는 수직적 차원에서 인식의 깊이가 되고, 넓이는 수평적 차원에서 영토의 넓이가 된다. 깊이는 집중(수축)의 힘이 되고, 넓이는 확산의 힘이 된다. 이서빈 시인의 시들은 인식의 깊이와 그 넓이를 가지고 있으며, 이 인식의 깊이와 넓이는 언어학적인 차원을 넘어서 역사 철학적인 차원으로 수직 상승하게 된다. 언어는 인식의 도구이며, 이 인식의 도구를 자유자재롭게 사용하는 자가 최고급의 인식의 제전(앎의 투쟁)에서 승리하는 역사 철학자, 또는 사상가라고 할 수가 있다.

이서빈 시인의 '결'은 나무의 나이이고, 물의 나이이다. 나무의 나이는 죽어야만 알 수가 있고, 나무의 결을 보는 것은 나무를 조문하는 일이 된다. 물의 나이는

물결이고, 물의 나이를 알려면 돌멩이를 던져보면 된다. 물의 나이, 즉, 물결은 물의 뼈이고, 돌멩이를 던지면 어느새 출몰했다가 사라진다.

세상의 모든 것들은 결을 간직하고 있다. 여전히 옛날의 나이를 고집하는 할머니의 머릿결도 있고, 봄 들판에 출렁이는 결도 있다. 어린 나이의 결도 있고, 늙은 나이의 결도 있다. 가지런하고 걸음이 일정한 숨결도 있고, 나이를 먹고 시들어가는 들판의 바람결도 있다. 이불 결도 있고, 꿈결도 있고, 청결도 있고, 미결도 있다.

결이란 매듭이고, 나이테이며, 그것은 그 주체자의 삶의 궤적을 증명해준다. 국가의 역사는 국사이고, 세계의 역사는 세계사이고, 존재의 역사는 결의 역사이다. 반질반질한 머릿결은 반질반질한 역사를 갖고 있고, 구불구불한 머릿결은 구불구불한 역사를 갖고 있다. "살아있는 것들은 둥근 내면의 결을 가지고" 있고, "여린 것일수록 결이 보드랍게 잘" 휜다. 이불 결도 나이를 먹고 꿈결도 나이를 먹고, "이불 결이 꿈결을 쓰다듬는 날"—흥몽을 말한다—이면, "하늘은 연한 육질을 위해 햇빛과 별빛을 결대로" 찢는다. 이불 결과

꿈결은 물론이고, 햇빛과 별빛도 결이 있으며, 이 결의 역사는 투쟁의 역사라고 할 수가 있다. 투쟁의 역사는 '청결'과 '미결'을 둘러싼 도덕과 밥그릇의 싸움으로 점철되어 있고, 모든 싸움에는 피비린내가 풍겨나오기 마련이다.

세상의 모든 것들은 결을 간직하고 있고 결의 역사가 투쟁의 역사라면, 그것은 이서빈 시인의 인식의 깊이가 되고, 이 인식의 깊이는 다양한 결의 모습으로 그 울림과 그 파장을 드러낸다. 결, 결, 나무가 죽어야만 볼 수 있는 결, 잠깐 보여주고 사라지는 물의 결, 한 번도 구불구불한 모습을 보여주지 않은 할머니의 머릿결, 봄 들판에 출렁이는 머릿결, 어린 나이의 결, 늙은 나이의 결, 가지런하고 걸음이 일정한 숨결, 들판을 어지럽히는 바람결, 늙거나 시들어가는 살결, 이불 결, 꿈결, 햇빛의 결, 바람의 결, 청결, 미결 등은 다양한 결의 울림과 그 파장을 보여준다.

결의 역사는 투쟁의 역사이자 축제의 역사이다. 모든 투쟁은 축제이고, 모든 축제는 투쟁이다. 모든 사물은 결에서 태어나고, 그 결을 살다가 그 결을 남기고 죽어간다. 결이 결을 낳고, 결의 노래를 부른다. 결이 결

의 다리를 걸고, 결의 얼굴을 짓밟아 버린다. 결과 결
들이 손에 손을 맞잡고, 결이 결에 짓밟혀 죽으며, 또,
무수한 결을 생산해낸다.

이서빈 시인의 「결」은 '결의 역사'와 '결의 삶'을 언
어학적으로, 또는 역사철학적으로 천착해낸 수작이라
고 할 수가 있다.

임현준
잠자리 비법飛法

풀잎 활주로에
하늘오토바이 시동을 건다
햇빛 응축하는 날개
바람 예감하는 수평 한 마디
한 마디 더 여쭈려 붙잡는다

오래 맺힌 거미집같이
투명한 겹눈 속에
팔만대장경 쌓여 있다
석탄기 퇴적층같이
웅크려 떨던 카타콤같이
고요하게 도사리는 뱀 비늘같이,

태양이 침식하는 속도로
시간을 쏠던 입이

꼬리를 둥글게 말아 문다
팽팽한 활시위가 될 때까지
폭주를 장전한 날개
하늘오토바이
튀어나간다

태양을 묻히며
햇빛 마르기 전엔 묻지 마라 묻지 마라
사방 직선으로 칼치기한다
하늘 깎아라 하늘 찔러라
솟대에 걸치는
일필휘지 한 마디.

시는 새로움의 길이고, 시는 치욕의 길이며, 시는 영광의 길이다. 시가 새로운 길이라는 것은 시에 의하여 새로운 세상이 열린다는 것이고, 시가 치욕의 길이라는 것은 시에 의하여 치욕의 길을 걸어가지 않으면 안 된다는 것이고, 시가 영광의 길이라는 것은 시에 의하여 드디어, 마침내 '영광의 월계관'을 쓰게 되었다는 것을 뜻한다.

　나는 임현준 시인의 등단작품인 「잠자리 비법飛法」 이전에는 '풀잎 활주로'라는 말을 들어본 적도 없고, '하늘오토바이'라는 말을 들어 본 적도 없다. 시인의 상상력이 새로우니까 언어가 새롭게 되고, 언어가 새로우니까 풀잎 활주로에서 하늘오토바이가 시동을 걸게 된다. 따지고 보면, 풀잎 활주로에서 하늘오토바이가 시동을 걸게 되기까지, 즉, 잠자리가 그 껍질을 벗고 우화등선羽化登仙의 날갯짓을 하기까지는 그 얼마나 오랜

치욕의 길을 걸어왔을 것이란 말인가? "오래 맺힌 거미집같이/ 투명한 겹눈 속에/ 팔만대장경 쌓여 있다"는 것이 그것을 말해주고, 또한, "석탄기 퇴적층같이/ 웅크려 떨던 카타콤같이/ 고요하게 도사리는 뱀 비늘같이"가 그것을 말해준다. 치욕의 길은 인고의 길이고, 인고의 길은 고통의 지옥훈련의 길이다. 고통의 지옥훈련의 길은 통과의례의 길이고, 통과의례의 길은 우화등선의 길, 즉, 무한한 '영광의 길'이다.

태양이 침식하는 속도로 팔만대장경을 썼고, 팔만대장경을 쓰던 입이 꼬리를 둥글게 말아 팽팽한 활시위를 당긴다. 팽팽한 활시위를 당겼다가 놓는 순간, 그 즉시, "폭주를 장전한" "하늘오토바이"가 튀어나간다.

"태양을 묻히며/ 햇빛 마르기 전엔 묻지 마라 묻지마라"는 비상 직전의 숨 막히는 시간을 뜻하고, "사방 직선으로 칼치기한다"는 잠자리 비행사의 앞날을 예의주시하는 임전무퇴와 결사항전의 정신을 뜻한다.

임현준 시인의 「잠자리 비법飛法」은 새롭고, 이 새로운 만큼 경이롭다. "하늘 깎아라 하늘 찔러라"의 "솟대에 걸치는/ 일필휘지 한 마디"는 임전무퇴와 결사항전의 무사도 정신을 뜻하고, 「잠자리 비법飛法」은 임현준

시인의 무한한 영광을 뜻한다.

씨앗을 보면 머나먼 미래가 보이고, 떡잎을 보면 그 미래의 영광을 알 수가 있다.

임현준 시인이여, 부디 부디 '잠자리 비법飛法'의 '새로움의 시학'으로 더 높이, 더 높이 날아오르거라!!

자, 보아라! 미래의 영광을 장전한 날개, 우리들의 하늘오토바이가 날아 오른다.

황지우

거룩한 식사

나이든 남자가 혼자 밥을 먹을 때 울컥, 하고 올라오
는 것이 있다. 큰 덩치로 분식집 메뉴표를 가리고서 등
돌리고 라면발을 건져 올리고 있는 그에게,
　양푼의 식은 밥을 놓고 동생과 눈 흘기며 숟갈 싸
움하던
　그 어린것이 올라와, 갑자기 목메게 한 것이다.

몸에 한 세상 떠 넣어주는 먹는 일의 거룩함이여, 이
세상 모든 찬밥에 붙은 더운 목숨이여,
　이 세상에서 혼자 밥 먹는 자들
　풀어진 뒷머리를 보라.
　파고다 공원 뒤편 순대집에서 국밥을 숟가락 가득 떠
넣으시는 노인의, 쩍 벌린 입이
　나는 어찌 이리 눈물겨운가.

혼자 밥 먹고, 혼자 일하고, 혼자 청소한다. 혼자 잠
자고, 혼자 산책하고, 혼자 미래를 구상한다. 혼자라는
것은 사회적 동물로서의 사회적 고립의 표지이며, 그
의 존재론적 토대는 바람 앞의 등잔불과도 같다. 부모
형제도 없고, 처 자식도 없다. 애인도 없고, 친구도 없
다. 따라서, "나이든 남자가 혼자 밥을 먹을 때/ 울컥,
하고 올라오는 것이" 있을 수밖에 없다. "큰 덩치로 분
식집 메뉴표를 가리고서/ 등 돌리고 라면발을 건져 올
리고" 있지만, 그러나 그에게는 "양푼의 식은 밥을 놓
고 동생과 눈 흘기며 숟갈 싸움하던" 그 옛날이 떠올라
와 갑자기 목이 메인다.

목구멍이 포도청이라는 말이 있듯이, 열흘 굶어서
도둑질 안할 사람이 없다. 먹고 사는 일은 그 옛날이나
지금이나 다같이 어렵고, 호화사치나 문화적 생활은커
녕, 최저생계비 때문에 안절부절못하며 애간장을 태

울 수밖에 없다. "찬밥에 붙은 더운 목숨"은 죽지 못해 사는 목숨에 지나지 않으며, "몸에 한 세상 떠 넣어주는/ 먹는 일의 거룩함"은 전혀 거룩할 것이 없는 거룩함일 수밖에 없다. 산다는 것은 외롭고 쓸쓸한 일이고, 혼자 밥 먹는 자들의 풀어진 뒷머리를 보면 눈물이 난다. 혼자 밥 먹는 것도 생존만이 최고인 삶이고, "파고다 공원 뒤편 순대집에서/ 국밥을 숟가락 가득 떠 넣으시는 노인의, 쩍 벌린 입"도 생존만이 최고인 삶이다.

전쟁과 평화, 아니, 전쟁과 평화의 균형이 무너진 현대사회는 돈이 최고의 권좌를 차지했으며, 이 돈에 의하여 모든 자원이 배분된다고 하지 않을 수가 없다. 일찍이 칸트가 역설한 대로 때때로 전쟁이 일어나서 인간의 이기심을 흔들어 놓지 않으면 안 된다. 왜냐하면 평화시에는 어느 누구도 타인과 공동체 사회를 돌보지 않고 자기 자신의 탐욕만을 극대화시키고 있기 때문이다. 자유시장경제는 특권을 생산하는 체계이며, 소수의 예외자들만이 부를 독점하게 된다. 어떤 자는 탄생 자체가 특권이 되고, 어떤 자는 탄생 자체가 재앙이 된다.

사회적 혁명이나 전쟁이 아니면 부의 공정한 분배는 있을 수가 없다. 소수의 예외자들이 모든 부를 독점하고, 그들의 사회적 특권을 위하여 모든 사람들을 인간 이하의 생활로 몰아넣게 된다. 과연 어떻게 현대사회, 즉, 모든 식량과 재화가 넘쳐나는 풍부함의 사회에서 혼자 밥 먹는 일이 '거룩한 식사'가 될 수가 있겠는가? 황지우 시인의 「거룩한 식사」가 아름다운 명시가 되고 있는 것은 그의 극빈의 체험과 함께, 혼자 밥 먹는 사람들의 모습을 눈물겨웁게 시적으로 표현해냈기 때문이다. 소수의 예외자들이 숨기고 싶고 은폐하고 싶은 사실을 까발리며, 인간이 인간답게 생활할 그런 날을 그의 「거룩한 식사」는 꿈꾸고 있는 것이다.

　혼자 사는 사람의 식사는 거룩할 것이 없는 거룩한 식사이며, 거룩할 것이 없는 거룩한 식사는 이방인의 식사이다. 이방인은 조상이 없고 역사가 없는 사람이며, 조상이 없고 역사가 없는 사람은 대대로 빈곤을 대물림하며, 오직 풍부한 사회를 추문으로 만든다.

　자유와 사랑과 평등도 없다.

　오오, 눈물겹고, 또, 눈물겨운 거룩한 식사여!!

김용택
동백꽃

여자에게 버림받고
살얼음 낀 선운사 도랑물을
맨발로 건너며
발이 아리는 시린 물에
이 악물고
그까짓 사랑 때문에
그까짓 여자 때문에
다시는 울지 말자
다시는 울지 말자
눈물을 감추다가
동백꽃 붉게 터지는
선운사 뒤안에 가서
엉엉 울었다

📖

　　사랑은 믿음이고, 사랑은 평화이다. 사랑은 자유이고, 사랑은 평등이다. 사랑은 존경이고, 사랑은 찬양이다. 사랑은 만사형통이고, 우리는 사랑 없이는 살 수 없는 그런 동물이 되었다.

　　사랑은 아버지의 탈을 쓸 때도 있고, 사랑은 어머니의 탈을 쓸 때도 있다. 사랑은 할아버지의 탈을 쓸 때도 있고, 사랑은 할머니의 탈을 쓸 때도 있다. 사랑은 정치인의 탈을 쓸 때도 있고, 사랑은 스승의 탈을 쓸 때도 있다. 사랑은 청춘남녀의 탈을 쓸 때도 있고, 사랑은 청소년의 탈을 쓸 때도 있다. 사랑은 유치원생의 탈을 쓸 때도 있고, 사랑은 젖먹이의 탈을 쓸 때도 있다.

　　사랑은 가장 낡은 말이면서도 사랑은 가장 새로운 말이다. 낡을수록 좋은 것도 사랑이고, 새로운 것일수록 좋은 것도 사랑이다.

　　사랑은 퍼내도 퍼내도 마르지 않는 샘물이고, 사랑

은 가장 비옥한 문전옥답이다.

　모든 국가는 '사랑의 공화국'이고, 모든 사람은 '사랑의 공화국'의 원주민이다.

　　"그까짓 사랑 때문에/ 그까짓 여자 때문에/ 다시는 울지 말자/ 다시는 울지 말자/ 눈물을 감추다가/ 동백꽃 붉게 터지는/ 선운사 뒤안에 가서/ 엉엉 울었다."

　사랑은 일용할 양식이고, 사랑은 가장 성스럽고 거룩한 행위이다.

　사랑은 종족의 명령이며, 사랑은 지상최대의 과제이다.

　선운사 동백꽃─.

　사랑으로 꽃 피우고, 사랑으로 단 하나뿐인 목숨 내놓고 엉엉 우는 선운사 동백꽃─.

　김용택 시인은 여자에게 버림받은 것이 아니라, 여자의 탈을 쓴 사랑에게 버림받고 선운사 뒤안에 가서 엉엉 울었던 것이다.

　모든 시의 주제는 사랑이고, 사랑은 그 어떤 위험이나 재난 앞에서도 이 세상을 살만한 삶으로 연출해내

는 가장 탁월한 능력을 지녔다.

　나는 현충원에 갈 때마다 깜짝깜짝 놀란다. 첫 번째는 애국자가 너무 많다는 것이고, 두 번째는 애국지사에 반하여 세계 최고 부패국가라는 것이다.
　내가 대통령이라면 애국지사의 묘를 다 파헤치고 민족의 반역자로 처형하고 싶다.
　정말로, 정말로 '사랑의 공화국의 원주민'이 될 수 없는 불량배들이 꼴값을 하고 있는 것이다.

안도현
사랑한다는 것

길가에 민들레 한송이 피어나면

꽃잎으로 온 하늘을 다 받치고 살 듯이

이 세상에 태어나서

오직 한 사람을 사무치게 사랑한다는 것은

이 세상 전체를

비로소 받아들이는 것입니다.

차고 맑은 밤을 뜬눈으로 지새우며

우리가 서로 뜨겁게 사랑한다는 것은

그대는 나의 세상을

나는 그대의 세상을

함께 짊어지고

새벽을 향해 걸어가겠다는 것입니다.

안도현 시인의 「사랑한다는 것」을 읽으면서 그의 시는 '사랑의 시학'이며, 이 '사랑의 시학'을 통해서 모두가 다같이 잘 살고 행복한 사회를 꿈꾸고 있다는 것을 알 수가 있었다. 길가에 민들레는 수없이 밟히고 짓밟히면서도 또다시 일어나서 꽃을 피우는 강인한 생명력의 상징이라고 할 수가 있다. 사랑하는 사람은 모두가 다같이 민들레가 되어야 하고, 그 어떠한 만고풍상을 겪게 되더라도 이 세상 전체를 받아들이지 않으면 안 된다. 왜냐하면 "차고 맑은 밤을 뜬눈으로 지새우며/ 우리가 서로 뜨겁게 사랑한다는 것은/ 그대는 나의 세상을/ 나는 그대의 세상을/ 함께 짊어지고/ 새벽을 향해 걸어"가는 것이기 때문이다. 그대는 나의 세상을 짊어지고, 나는 그대의 세상을 짊어지고 간다는 것은 상호간의 신뢰와 이타성을 뜻하고, 따라서 새벽을 향해 걸어간다는 것은 만인평등과 부의 공정한 분배가 이루

어질 이상낙원으로 간다는 것을 뜻한다.

우리 한국의 유명 시인들, 소위 잘 나가는 시인들은 모두가 다같이 '사랑의 전도사'를 자처하고 있지만, 그러나 그들은 과연 우리 한국인들이 사랑을 하고 사랑을 받을만한 자격이 있는가에 대해서는 그 어떠한 사색의 흔적도 보여주지를 않는다. 우리 한국인들의 도덕성은 과연 세계적인 수준이고, 우리 한국인들의 독서수준은 과연 세계적인 수준인가? 우리 한국인들은 과연 전세계인들로부터 존경을 받고, 우리 한국인들이 과연 이 세상에서 가장 훌륭한 지상낙원을 건설할 능력이 있는가?

우리 한국인들은 사랑을 노래하기 이전에 '사랑의 채찍'을 들어야 할 때라고 생각한다. 유치원에서부터 대학교까지, 회사에서부터 국회까지, 시골의 마을에서부터 청와대까지 부정부패라는 암적인 종양을 사랑의 채찍으로 근절하지 않으면 모든 노래는 범죄인을 위한 범죄인의 노래에 지나지 않게 된다.

동시대를 비판하고, 동시대를 비판함으로써 동시대에 참여하고, 이 사랑의 채찍으로 고귀하고 위대한 인

간을 육성해낸다는 것, 바로 이것이 모든 시인의 사명
이기도 한 것이다.

오늘날 한국의 시는 비판의식이 마비되어 있으며,
비판의식이 마비된 시는 시대정신을 상실한 음풍농월
에 지나지 않는다.

김은
시계는 진화 중

　시계는 잡식성이다

　물시계는 물 마시느라 모래시계는 모래 삼키느라 기계식 시계는 톱니 씹느라 전자시계는 건전지를 핥느라 시시각각 분절하여 밀고 끌면서 바쁘다

　초침 분침 시침들

　눈 · 코 · 귀도 없는 몸통뿐이지만 시곗바늘의 노역으로 역사를 이끌어 왔다 문명의 시발점이었던 저 둥근 수레바퀴를 잃는다면 카오스 속 시간의 밥상은 난장판이 될 것이다

　인디언들은 시계가 없었다 나무 풀 바람이 맨살에 닿는 느낌과 마음의 움직임으로 계절을 읽고 달력을 만들어 시간을 삼았다

1월, 마음 깊은 곳에 머무는 달
4월, 머리맡에 씨앗을 두고 자는 달
12월, 무소유의 달

외부를 바라보면서 내면을 응시하는 인디언들의 서
늘한 눈을 본다 내 시간표도 시계의 틀을 벗어나고 싶
다 인디언 달력을 갖고 싶다

7월, 사슴이 뿔을 갖는 달
옥수수 튀기는 달
나의 꽃시계는 진화중이다

상상은 자유롭고, 상상은 새롭고 신선한 세계를 선물한다. 인간은 불완전하고 나약하지만, 상상의 힘은 전지전능하다. 모든 신화와 종교도 상상의 산물이고, 부처와 예수도 우리 인간들의 상상의 산물에 지나지 않는다. 상상은 시간과 공간도 초월해 있고, 상상은 과거에서 미래로, 또는 미래에서 과거로 빛보다 더 빠른 속도로 날아다닌다. 상상은 코끼리나 고래보다도 더 힘이 세고, 상상은 그 어떤 마약보다도 더 중독성이 강하다. 상상은 대폭발, 즉, 천지창조의 창조주이고, 상상은 수천 억 개의 성단星團을 거느린 우주보다도 더 크다. 시인은 상상의 아버지이며, 이 상상의 힘을 장악한 자가 인간 중의 인간이 되고, 이 상상을 장악한 자가 이 세계와 그 모든 것을 지배한다.

김은 시인의 말에 따르면 시계도 잡식성이고, 인간도 잡식성이다. 물시계는 물을 마시고, 모래시계는 모

래를 삼킨다. 기계식 시계는 톱니를 씹고, 전자시계는 건전지를 핥고, 모든 시계는 시계대로 시시각각을 분절하여 그것을 씹느라고 바쁘다. 이에 반하여, 채식주의자는 다양한 풀들과 그 열매들을 씹고, 육식주의자들은 피묻은 고기를 채소에 싸서 먹는다. 어떤 자는 크나큰 야망을 씹고, 어떤 자는 더없이 고귀하고 찬란한 명예를 삼킨다. 어떤 자는 타인의 부를 씹고, 어떤 자는 두 눈에 불을 켜고 황금을 삼킨다.

이 세상에서 가장 잔인하고 사나운 동물은 인간이라는 잡식성 동물이고, 이 사나운 동물들은 그들의 이기적인 욕망을 기초로 하여 시간을 만들고, 그 시간을 재는 잡식성 동물(시계)들을 창출해 냈다. 이제 시계의 종이 울리면 눈을 뜨고, 시계의 종이 울리면 아침을 먹는다. 시계의 종이 울리면 출근을 하고, 시계의 종이 울리면 군침을 흘리며 점심을 먹는다. 시계의 종이 울리면 퇴근을 하고, 시계의 종이 울리면 애인을 만나 섹스를 한다. 시계가 있고 인간이 있는 것이지, 인간이 있고 시계가 있는 것이 아니다. 시계의 명령, 즉, 초침, 분침, 시침의 명령에 잘 따르면 그의 출세는 보장되어 있고, 시계의 명령에 잘 따르지 않으면 그는 자본주의

라는 생존경쟁의 장에서 탈락을 하게 된다.

해시계, 물시계, 모래시계, 기계시계, 전자시계 등, 이 수많은 종류의 시계와 그 다양성이 문명과 문화의 발전을 이룩해냈지만, 그러나 그것은 모든 사지를 다 잘라낸 기관없는 신체와도 같은 기형의 모습일 뿐이었다. 눈도 없고, 코도 없다. 귀도 없고, 팔도 없다. 다리도 없고, 성기도 없다. 시계는 카오스, 즉, 무질서 속의 질서를 잡아주는 장치이기는 하지만, 자본주의 사회는 이 잡식성 동물을 이익을 창출해내는 도구로 만들어 버렸다. 시간은 돈이고, 초침, 분침, 시침은 이익을 지시하는 도구가 되었고, 이 시계의 명령에 의하여, 우리 인간들은 가장 잔인하고 사나운 잡식성 동물이 되었다. 이 잡식성 동물은 무차별적인 소송전을 좋아하고, 아버지와 어머니와 누이와 아내와 자식들의 살코기마저도 마다하지 않는다.

김은 시인의 「시계는 진화 중」은 현대문명을 비판하는 시이며, 자연의 리듬에 맞추어진 '꽃시계'를 꿈꾸는 시라고 할 수가 있다. 시계는 악마이고, 악마는 잡식성이다. 시계는 자기 자신의 욕망에 따라, 초침, 분침, 시침 등으로 시간을 분절하고, 그 시계바늘의 노역으

로 역사를 이끌어 왔지만, 그러나 그것은 어디까지나 더 많은 돈과 더 많은 이익을 창출해내기 위한 탐욕에 지나지 않았던 것이다. 이에 반하여, 김은 시인의 시계는 시계가 없는 시계이며, 자연의 리듬에 맞추어진 인디언들의 달력 속의 시계에 지나지 않는다. 인디언 달력 속의 시계에는 사계절이 들어 있고, 풀과 바람과 수많은 생명들의 노래가 들어 있다. 1월은 마음 깊은 곳에 머무는 달이고, 4월은 머리맡에 씨앗을 두고 자는 달이고, 12월은 무소유의 달이다. 7월은 사슴이 뿔을 갖는 달이며, 옥수수를 튀기는 달이며, 사시사철 꽃시계는 진화 중이다.

인디언의 달력은 자연의 달력이며, 모든 생명들이 살아 있는 달력이다. 돈보다는 무소유를 좋아하고, 소송전보다는 상호공생을 좋아하고, 수많은 음모와 배신보다는 서로가 서로를 믿고 신뢰하는 사랑놀음을 더 좋아한다.

김은 시인의 '꽃시계'는 그의 상상의 날개를 달고 끊임없이 진화 중이다.

1월, 마음 깊은 곳에 머무는 달

4월, 머리맡에 씨앗을 두고 자는 달

12월, 무소유의 달

외부를 바라보면서 내면을 응시하는 인디언들의 서늘
한 눈을 본다 내 시간표도 시계의 틀을 벗어나고 싶다 인
디언 달력을 갖고 싶다

7월, 사슴이 뿔을 갖는 달

옥수수 뛰기는 달

나의 꽃시계는 진화중이다

꽃시계는 자유롭고, 꽃시계는 아름답다.

김은 시인의 「시계는 진화 중」이라는 시는 얼마나 아
름답고 신선하며, 새로운 시구와 원시의 인간들의 세
계란 말인가!!

송종규
죽은 새를 위한 메모

당신이 내게 오는 방법과 내가 당신에게 가는 방법은
한 번도 일치한 적이 없다
그러므로 나는 어떤 전언 때문이 아니라, 하나의 문
장이 꽃봉오리처럼 터지거나
익은 사과처럼 툭 떨어질 때
비로소 당신이 당도한 걸 알아차린다
당신에게 가기 위해 나는 구름과 바람의 높이에 닿
고자 했지만
당신은 언제나 내 노래보다 높은 곳에 있고
내가 도달할 수 없는 낯선 목록에 편입되어 있다
애초에 노래의 형식으로 당신에게 가고자 했던 건 내
생애 최대의 실수였다
이를테면, 일종의 꿈이나 허구의 형식으로 당신은
존재한다

모든 결말은 결국 어디에든 도달한다 자, 이제 내가
가까스로 당신이라는 결말에 닿았다면
　　노래가 빠져나간 내 부리에 남은 것은 결국 침묵,

　　나는 이미 너무 많은 말을 발설했고 당신은 아마
　　먼 별에서 맨발로 뛰어내린 빛줄기였을 것이다

　　오랜 단골처럼 수시로 내 몸에는
　　햇빛과 바람과 오래된 노래가 넘나들고 있다

송종규 시인의 「죽은 새를 위한 메모」는 대단히 어렵고 난해하지만, 그러나 이 시를 오래오래 되풀이 읽다가 보면 송종규 시인의 역사 철학적인 인식의 깊이 때문에, 그만 저절로 깜짝 놀라게 된다. 당신은 누구이고, 나는 누구인가라는 존재론적 성찰이 담겨 있으며, 비록, 유한한 존재이기는 하지만, 당신에게 다가가기 위한 순교자적인 영웅정신이 담겨 있는 것이다. 이 세상에서 가장 아름답고 행복한 삶은 불가능에의 도전이고, 이 불가능한 목표를 향해서 자기 자신을 희생시켜 나간 사람을 우리는 순교자라고 부르게 된다.

나는 나약하고 유한한 새이며, 당신은 전지전능하고 영원한 새이다. 나는 살아 있지만 곧 죽어가야 하는 새이고, 당신은 두 눈에 보이지 않지만 영원히 살아 있는 새이다. "당신이 내게 오는 방법과 내가 당신에게 가는 방법은/ 한 번도 일치한 적이 없다." 나는 끊임없이 당

신에게 가기 위해 노래를 불렀지만 당신을 만날 수가 없었고, 그것은 "내 생애 최대의 실수"가 되었다. 왜냐하면 "당신은 언제나 내 노래보다 높은 곳에 있고" 당신은 "일종의 꿈이나 허구의 형식으로"만 존재했기 때문이다. 나의 이상은 허구이고 환영이며, 당신은 "하나의 문장이 꽃봉오리처럼 터지거나/ 익은 사과처럼 툭 떨어질 때"에만 그 모습을 드러낸다.

아름답고 멋진 새는 아름답고 멋진 새를 싫어하는데, 왜냐하면 더욱더 아름답고 멋진 새가 되고 싶기 때문이다. 아름답고 멋진 노래를 부르는 시인은 아름답고 멋진 노래를 부르는 시인을 싫어하는데, 왜냐하면 더욱더 아름답고 멋진 노래를 부르는 시인이 되고 싶기 때문이다. 만일, 만족이 욕망의 정체이며 썩은 늪이라면, 불만족은 욕망의 꿈틀거림이며 살아 있는 호수라고 하지 않을 수가 없다. 당신은 전지전능하고 영원한 새이지만, 그러나 당신은 일종의 꿈이나 허구의 형식으로만 존재한다. 나는 "당신에게 가기 위해" "구름과 바람의 높이에 닿고자 했지만" 당신은 언제나 내 노래보다 높은 곳에 있고, 나는 결코 당신을 만날 수가 없었다. "나는 이미 너무 많은 말을 발설했고 당신

은 아마/ 먼 별에서 맨발로 뛰어내린 빛줄기였을 것이다." 나와 당신은 끊임없이 회의하는 존재이지, 만족하는 존재가 아니다. 이 회의가 고통이 되고, 이 고통이 노래가 된다.

시인은 새이고, 새는 죽은 새이다. 송종규 시인은 '죽은 새'를 바라보며, 죽은 새의 꿈과 희망을 생각해보고, 이 죽은 새의 고귀하고 위대한 싸움, 즉, 그 '불가능에의 도전'을 생각해보았던 것이다. 새, 전지전능하고 영원한 새가 되고 싶었던 새―, 하지만, 그러나 그토록 가까이 하고 다가가고 싶었던 새가 되지 못하고 차디차게 굳어버린 새―. 이 새의 몸에는 수시로, "햇빛과 바람과 오래된 노래가 넘나들고 있다."

나는 이미 너무 많은 노래를 불렀고, "노래가 빠져나간 내 부리에 남은 것은 결국 침묵"뿐―.

오오, 침묵은 비상이고, 노래이며, 침묵은 대폭발이고, 세계적인 사건이다!!

오오, 침묵이여, 온몸으로 온몸으로 자기 자신의 노래를 완성한 침묵이여!!

송찬호
고래의 꿈

나는 늘 고래의 꿈을 꾼다
언젠가 고래를 만나면 그에게 줄
물을 내뿜는 작은 화분 하나도 키우고 있다
깊은 밤 나는 심해의 고래 방송국에 주파수를 맞추고
그들이 동료를 부르거나 먹이를 찾을 때 노래하는
길고 아름다운 허밍에 귀 기울이곤 한다
맑은 날이면 아득히 망원경 코끝까지 걸어가
수평선 너머 고래의 항로를 지켜보기도 한다
누군가는 이런 말을 한다 고래는 사라져버렸어
그런 커다란 꿈은 이미 존재하지도 않아
하지만 나는 바다의 목로에 앉아 여전히 고래의 이
야길 듣는다
해마들이 진주의 계곡을 발견했대
농게 가족이 새 뻘집으로 이사를 한다더군
봐, 화분에서 분수가 벌써 이만큼 자랐는걸……

내게는 아직 많은 날들이 있다 내일은 5마력의 동력을

배에 더 얹어야겠다 깨진 파도의 유리창을 갈아 끼워야겠다

저 아래 물밑을 흐르는 어뢰의 아이들 손을 잡고 쏜살같이 해협을 달려봐야겠다

누구나 그러하듯 내게도 꿈이 하나 있다

하얗게 물을 뿜어 올리는 화분 하나 등에 얹고

어린 고래로 돌아오는 꿈

꿈, 꿈, 고래가 되는 꿈—. 송찬호 시인의 「고래의 꿈」
은 더없이 순수하고 때묻지 않은 어린아이의 꿈이었으
면서도, 이제는 그만큼 울림이 크고 장중한 시인의 꿈
이 되었다고 할 수가 있다. "나는 늘 고래의 꿈을 꾼
다/ 언젠가 고래를 만나면 그에게 줄/ 물을 내뿜는 작
은 화분 하나도 키우고 있다"라는 시구나, 마지막 최종
연의 "누구나 그러하듯 내게도 꿈이 하나 있다/ 하얗
게 물을 뿜어 올리는 화분 하나 등에 얹고/ 어린 고래
로 돌아오는 꿈"이라는 시구가 그것을 말해준다. "나
는 늘 고래의 꿈을 꾼다"의 '늘'은 그 꿈이 어린아이 때
부터 갖게 되었다는 것을 말해주고, "누구나 그러하듯
내게도 꿈이 하나 있다/ 하얗게 물을 뿜어 올리는 화
분 하나 등에 얹고/ 어린 고래로 돌아오는 꿈"은 이제
는 대한민국 최고의 시인이 되었지만, 아직도 "하얗게
물을 뿜어 올리는 화분 하나 등에 얹고/ 어린 고래로

돌아오는 꿈"을 갖고 있다는 것을 말해준다. 꿈은 순수하고 때묻지 않은 꿈이며, 꿈은 그 모든 것을 미화시킨다. 오래오래 묵을수록 더욱더 좋은 것이 술과 우정이라면, 이제는 오래오래 묵을수록 더욱더 좋은 것은 꿈이라고 하지 않을 수가 없게 되었다.

「고래의 꿈」은 어린시절의 자그만 씨앗처럼 싹이 트고, 이 「고래의 꿈」은 떡잎이 되었다. 떡잎을 보면 그 꿈의 미래를 알 수가 있듯이, 고래는 이 세상에서 가장 거대한 몸통을 지녔고, 그 거대한 몸통에서 모든 근심과 걱정을 다 씻어줄 수 있는 분수를 뿜어댄다. 고래는 포유동물이고, 고래는 바닷물고기의 형상을 하고 있다. 하지만, 그러나 고래는 폐로 숨을 쉬고, 자궁 속에다가 태아를 키우고, 365일만에 새끼를 출산한다. 고래의 종류는 돌고래, 쇠고래, 밍크고래, 흰긴수염고래 등 100여 종이 있으며, 흰긴수염고래는 몸통의 길이가 30m 정도이고, 그 몸무게는 코끼리의 25배 정도에 해당된다고 한다. 아무튼 고래의 분수는 삶의 원동력—삶의 숨구멍—이며, 이 분수를 뿜어올리는 힘으로 대서양과 태평양과 인도양과 북극해와 남극해를 자유자재롭게 돌아다니며, 이 세계를 지배하는 왕이 되었

다. 고래는 예로부터 조난을 당하는 어부를 구해주는 등, 큰 은혜를 베푸는 동물로 잘 알려져 있지만, 고래는 고래이고, 고래의 앞길에는 막힘이 없다. 오늘도, 지금 이 순간에도, 고래가 하얗게 물을 뿜어올리면 만물이 경의를 표하고, 이 넓고 넓은 바다는 고래의 영원한 제국이 된다.

송찬호 시인은 깊은 밤 고래방송국에 주파를 맞추고, 고래가 동료들을 부르거나 먹이를 찾을 때 노래하는 길고 아름다운 허밍에 귀를 기울이곤 한다. 맑은 날이면 아득히 망원경 코끝까지 걸어가 수평선 너머의 고래의 항로를 지켜보기도 한다. 아름답고 멋진 꿈에 위대한 꿈이 덧붙여져, 망원경으로 고래의 항로를 추적해보는 것을 "맑은 날이면 아득히 망원경 코끝까지 걸어가/ 수평선 너머 고래의 항로를 지켜보기도 한다"라는 더없이 아름답고 멋진 시구를 탄생시키기도 한다. "누군가는 이런 말을 한다 고래는 사라져버렸어/ 그런 커다란 꿈은 이미 존재하지도 않아". 하지만, 그러나 송찬호 시인은 오늘도 바다의 목로주점에 나가 앉아 여전히 고래의 이야기를 듣는다.

낭만주의자는 발밑의 현실을 부정하고, 머나먼 이

상세계를 꿈꾼다. 이상주의자는 발밑의 현실과 머나
먼 세계도 부정하고, 자기 자신의 마음과 그 생각대로
모든 것이 완벽한 지상낙원을 꿈꾼다. 시인은 머나먼
세계를 꿈꾼다는 점에서는 낭만주의자이고, 그 머나먼
세계를 완벽한 세계로 이해한다는 점에서는 이상주의
자이다. 송찬호 시인은 낭만주의자이면서도 이상주의
자이다. 아니, 그는 이상주의자이면서도 낭만주의자이
다. 낭만주의자와 이상주의자는 모두가 다같이 꿈꾸는
자이고, 그들은 모두가 다같이 끊임없이 이야기를 만
들어내며 그 모든 것을 미화시킨다.

　시인은 끊임없이 읽고 사유를 하며 꿈을 꾼다. 그는
꿈의 바다를 헤엄쳐나가 꿈의 산물들을 걷어 올리며,
그의 제국에 꿈의 깃발을 꽂는다. 시인은 순수하고 때
묻지 않았다는 점에서는 어린아이가 되고, 꿈의 왕국
을 건설하고 싶어한다는 점에서는 모든 고통들을 그의
충신으로 만들어버리는 제왕이 된다. 시인은 키가 크
고, 시인의 키는 늘 자라나고, 시인은 어떠한 이야기
도 다 만들어낸다. 시인은 소설가이자 화가이고, 그는
하늘마저도 감동시키는 종합예술가이다. "고래는 사라
져버렸어/ 그런 커다란 꿈은 이미 존재하지도 않아"라

는 말을 들어도 시인은 전혀 그것을 염두에 두지 않고, 그가 본 바다의 모든 이야기들을 늘어 놓는다. 오늘도, 지금 이 순간에도 시인은 바다의 목로주점에 나가 "해마들이 진주의 계곡을" 발견했다는 것을 알려주고, "농게 가족이 새 뻘집으로 이사를" 했다는 것도 알려주고, 자기 자신의 화분에 분수가 자라고 있다는 것도 알려준다. 시인은 고래가 되고, 고래는 시인이 되어, 그의 낡고 낡은 꿈에다가 "5마력의 동력을" 더 얹는다. 어느덧 파도에 깨진 유리창도 갈아 끼우고, 바다밑의 어뢰들과 그 모든 장애물들을 어린아이들처럼 다스리며, 더욱더 넓고 넓은 바다로 달려나간다.

꿈은 상상의 대가이자 천하무적의 용사이고, 꿈은 천하무적의 용사이자 모든 미학의 완성자이다. 꿈은 슬픔을 모르고, 꿈은 고통을 모른다. 꿈은 슬퍼해야 할 때에도 기뻐하고, 꿈은 더없이 고통스럽고 아파해야 할 때에도 행복하게 산다. 꿈은 전지전능한 신이며, 만물의 창조주이다. 태초에 꿈이 하늘과 땅을 창조했고, 태초에 꿈이 모든 동물들과 식물들을 창조했다. 꿈은 삶의 기쁨이자 젖줄이고, 꿈은 삶의 의지이자 삶의 목표이다. 꿈과 생명은 하나이며, 꿈이 아프면 나도 아프

고, 꿈을 잃으면 나의 생명줄도 끊어진다.

아름다움은 크고 장대한 것을 말하고, 송찬호 시인의 「고래의 꿈」은 이 세상에서 가장 고귀하고 위대한 꿈이라고 할 수가 있다.

고래, 고래의 꿈—. 오늘도 넓고 넓은 바다에서 고래들이 하얗게 분수를 뿜어올리고, 이 분수의 은총으로 너와 나의 삶과 우리들의 대지를 촉촉이 적셔주는 비가 내린다.

'나는 꿈을 꾼다, 고로 나는 창조한다.'

우리는 꿈 꾸는 존재이고, 우리가 꿈을 꾸기 때문에 이 세계는 창조된 것이다.

천국도, 지옥도, 큰곰자리별도, 작은곰자리별도, 북극성도, 은하수도, 예수도, 부처도 우리 인간들이 창출해낸 상상력의 산물에 지나지 않는다.

모든 것이 가능한 이 세계가 가장 좋은 세계이고, 이 세계에서 가장 행복한 자는 꿈꾸는 사람이다.

나는 나의 묘비명을 이렇게 적어본다. "그대야말로 우리 한국인들을 '사상가와 예술가의 민족', 즉, '고급문화인'으로 인도해낸 선구자요! 일제의 유산인 주입

식 암기교육을 철폐하고, 철학을 중심으로 '독서중심 글쓰기교육'을 실시하여 모든 학문분야에서 세계적인 사상가들을 배출해낸 선구자요! 그대하면 '지혜사랑' 이지요. 그대를 기념하여 우리 모두 다같이 축배를 듭시다!!

김지요

터미널박

돌아 갈 집이 없는 것은 아니다

5분 간격으로 오는 전화에 대고
연신 중얼거린다
상대가 없는 혼잣말을 하듯
여긴 터미널이야
터미널이라고 했잖아

타야 할 차를 놓치고도
흥건한 취기에 즐거운 그는
아무 걱정이 없다

어디든 데려다 주는 터미널이니까

걱정 마 터미 늘이야

아 ㄹ아서 간 다고 했자느
막차 끊기믄 태택시 타믄 대지 머
먼지 쌓인 간이 의자에
목적지에 사로잡혀 달려 온
몸을 다 내려놓는 중이다

꼬인 혀는 쉽사리 풀리지 않고
사내의 행동에 실실 웃는 사람들과
어차피 아는 사람이 없으니
같이 웃어도 좋은 사내

막차 같은 하루가 저물고
행인 1,2,3이 사라지고

애가 타는 신호음이 계속 되어도
괜찮아 터미널이야

괜찮아 터미널이야

인생은 나그네 길이고, 빈손으로 왔다가 빈손으로 가는 것이다. 꿈도, 희망도, 인연도 다 부질없는 것이고, 아버지의 죽음도, 아내의 죽음도, 자식의 죽음도 다 부질없는 것이다.

　　천년을 살아도 하루를 산 것과 같고, 하루를 살아도 천년을 산 것과 같다. 흙에서 태어나 흙으로 돌아가는 길에 돈과 명예와 권력이란 아무런 쓸모도 없는 것이다.

　　"여긴 터미널이야/ 터미널이라고 했잖아."

　　터미널에는 모든 사람들이 다 오고, 터미널에서는 그 어디든 다 갈 수가 있다. 차를 놓치면 다음 차를 타면 되고, 다음 차를 놓치면 또 다음 차를 타면 된다. 그러다가 차가 끊기면 택시를 타면 되고, 택시를 못 타면 술에 취해 "먼지 쌓인 간이 의자"에서 자면 된다.

　　내가 있는 곳이 세계의 중심이고, 내가 잠 드는 곳이

천하의 명당이다.

참다운 나그네의 길에는 근심과 걱정이 없다. "먼지 쌓인 간이 의자에/ 목적지에 사로잡혀 달려 온/ 몸을 다 내려"놓으면 바로 그곳이 천국이 된다. 모든 것이 만사형통이고, 모든 것이 해탈의 길이다. 천국의 삶이 이렇게 가까이에 있는데, 공연히 자유니, 사랑이니, 평화니, 또는 보호무역이니, 비핵화니, 사유재산이니, 민주주의이니, 사사건건 복잡하게 말을 만들어 떠들 필요가 없다.

새들은 노래를 부르고, 장미는 꽃다발로 피고, 길가의 돌멩이는 금은보석으로 빛나고, 모든 인간들은 나의 충신처럼 웃는다.

참다운 나그네의 길에는 그 어떠한 장애물도 없고, 참다운 나그네는 언제, 어디서나 행복하다.

김지요 시인의 「터미널박」은 우리 시대의 성자이자 이 세상에서 가장 행복한 사람이다.

조옥엽

명자꽃 피는 밤

꺼져버린 불빛 같은
이름 하나

명자

문득 떠올라
가만히 부르면

외딴집
외로운 그 가시나가
금방이라도 달려 나와

내 어깨에 대롱대롱
매달릴 것만 같아
차마 부르지 못하고

한참을 바라만 보다가
무담시 서러워져서
돌아가는 봄밤

명자꽃 피는 밤

명자꽃은 봄에 피는 꽃 중에서 가장 붉은 꽃이고, 그 모습이 화려하지 않고 청순해 보여 '아가씨 나무'라고도 한다. 명자꽃은 장미과이며, 2미터 내외로 자라고, 주로 정원에 심거나 울타리로 많이 심는다. 그 옛날 여자들의 이름으로는 영자와 순자도 많았지만, 명자라는 이름도 상당히 많았다. 명자는 조옥엽 시인의 어린 시절의 친구였던 모양이고, '꽃말'이 '신뢰와 수줍음'인 것처럼 더없이 청순하고 수줍음을 많이 타는 소녀였던 지도 모른다.

때는 명자꽃 피는 봄밤이고, 시인은 "꺼져버린 불빛 같은/ 이름 하나"를 떠올려 본다. 이 세상의 마을로부터 떨어진 외딴집에서 살았던 명자, 가만히 부르면 외로운 그만큼 금방이라도 달려나왔던 명자, 내 어깨에 대롱대롱 매달려 마치 구세주라도 만난 것처럼 기뻐했던 명자—. 때는 명자꽃 피는 봄밤이고, 이제

는 그 명자가 죽었는지, 살았는지, 그 소식조차도 알
길이 없다.

외딴집은 외딴섬이고, 유배지이며, 자연의 재해와
도둑이나 강도로부터 그 어떠한 안전장치도 없다. 외
딴집에 사는 사람은 사회로부터 고립된 사람이며, 대
부분이 어렵고 힘든 삶을 살아간다. 명자는 왜, 그 아
름다운 이름에도 불구하고 외딴집에 살았던 것이며,
명자는 또한, 왜, 그 때묻지 않고 순수한 마음씨에도
불구하고 그처럼 외롭게 살았던 것일까? 아버지도 없
고, 엄마도 없다. 언니도 없고, 오빠도 없다. 그러니까,
공동체 사회에서 멀리 떨어진 외딴집에서 기껏해야 이
세상의 삶을 다 산 것 같은 할아버지와 할머니의 슬하
에서, 하루 하루를 가난과 절망으로 살아가고 있었던
것인지도 모른다.

꺼져버린 불빛 같은 이름도 일엽편주—葉片舟와도 같
은 운명을 말해주고, "한참을 바라만 보다가/ 무담시
서러워져서/ 돌아가는 봄밤"도 일엽편주와도 같은 운
명을 말해준다. 어린 시절의 불행은 선천적이며, 대부
분이 부모를 잘못 만난 운명에서 비롯된다. 이 세상의
삶을 살아보기도 전에, 그 불행한 삶은 외로움을 가중

시키고, 이 외로움은 마치 사나운 파도처럼 그의 존재의 뿌리를 흔들어 버린다. 널빤지 하나와 지푸라기 하나라도 잡아야 하고, 쌀 한 톨과 밀가루 한 주먹에도 눈물겨운 생존의 울음을 울어야 하고, 자기 자신의 목숨을 호시탐탐 노리는 백상어(악당)에게라도 구원을 요청해야 한다.

이 세상은 사회적 약자인 명자와도 같은 어린아이가 헤쳐 나가기에는 너무나도 사납고 넓은 바다이다. 부모형제라는 배도 있어야 하고, 친구와 선, 후배라는 배도 있어야 한다. 학연과 혈연과 지연이라는 배도 있어야 하고, 돈과 명예와 권력이라는 배도 있어야 한다. 이러한 배와 배들이 모여 거대한 선단을 이룰 때, 바다는 희망의 바다가 되고, 이 세상의 삶의 찬가가 울려퍼지게 된다.

명자는 외딴섬이고, 유배지이고, 명자는 꺼져버린 불빛이고, 그만큼 서러운 이름이다.

나는 혼자이고, 나는 외롭다.

나는 일엽편주의 배와도 같고, 나는 도저히 이 넓고 험한 바다를 건너갈 자신이 없다.

누군가의 어깨에 대롱대롱 매달려 붉디 붉은 울음을
터뜨려도 나를 구원해줄 사람은 아무도 없다.

조옥엽 시인의 「명자꽃 피는 밤」의 시적 정조는 서러
움이고, 이 서러움은 명자의 불행을 도와줄 수 없는 시
인의 무력감에서 비롯된 것이다.

이타적인 힘과 사회적 힘이 거세된 무력감, 「명자꽃
피는 밤」 속으로 조용히 사라져가고 싶은 무력감—.

이문재

농담

문득 아름다운 것과 마주쳤을 때
지금 곁에 있으면 얼마나 좋을까, 하고
떠오르는 얼굴이 있다면 그대는
사랑하고 있는 것이다.
그윽한 풍경이나
제대로 맛을 낸 음식 앞에서
아무도 생각하지 않는 사람
그 사람은 정말 강하거나
아니면 진짜 외로운 사람이다.

종소리를 더 멀리 보내기 위하여
종은 더 아파야 한다

말 한 마디로 천냥 빚을 갚을 수도 있고, 사소한 말 한 마디 때문에 자기 자신의 운명이 바뀔 수도 있고, 친구의 말을 잘못 알아듣고 그 친구와 결별을 선언할 수도 있다. 이 세상은 말과 말의 경연장이자 말의 투쟁의 장소라고 할 수가 있다. 말은 천 개의 얼굴을 지녔고, 말은 천 개의 뜻을 지녔다. 말은 총천연색이며, 말을 하고 듣는 사람의 위치와 입장에 따라서 저마다 그 말의 뜻을 다르게 해석하게 된다.

농담은 실없는 장난으로 하는 말이지만, 그러나 농담이 농담을 넘어 진실보다도 더욱더 진실일 때도 있다. "문득 아름다운 것과 마주쳤을 때/ 지금 곁에 있으면 얼마나 좋을까, 하고/ 떠오르는 얼굴이 있다면 그대는/ 사랑하고 있는 것이다"라는 시구가 그렇고, "그윽한 풍경이나/ 제대로 맛을 낸 음식 앞에서/ 아무도 생각하지 않는 사람/ 그 사람은 정말 강하거나/ 아니

면 진짜 외로운 사람이다"라는 시구가 그렇고, "종소리를 더 멀리 보내기 위하여/ 종은 더 아파야 한다"라는 시구가 그렇다.

이문재 시인의 「농담」은 농담이 아닌 너무나도 진지하고 솔직한 진담을 노래한 시라고 할 수가 있다. "문득 아름다운 것과 마주쳤을 때/ 지금 곁에 있으면 얼마나 좋을까, 하고" 그대를 사랑하는 마음이 담긴 진담, "그윽한 풍경이나/ 제대로 맛을 낸 음식 앞에서/ 아무도 생각하지 않는 사람/ 그 사람은 정말 강하거나/ 아니면 진짜 외로운 사람"이라는 진담, 종소리, 즉, 사랑의 종소리를 더 멀리 보내기 위해서는 종은 더욱더 아파야 한다는 살신성인의 희생정신이 담긴 진담—. 따라서 이문재 시인의 「농담」은 농담이 아닌 '진담의 꽃다발'이라고 할 수가 있다.

하지만, 그러나 이문재 시인은 왜, '진담'이 아닌 '농담'이라는 제목을 붙이게 되었던 것일까? 첫 번째는 반어법의 사용이고, 두 번째는 이 반어법에 의한 극적 효과 때문이었을 것이다. 아름다운 것과 제대로 맛을 낸 음식 앞에서 사랑하는 사람을 떠올리는 것은 너무나도 당연한 것이고, 그것 앞에서 아무도 생각하지 않는 사

람도 따지고 보면 진짜로 외로운 사람일 것이고, 사랑의 종소리를 더 멀리 보내기 위해서는 온몸으로, 온몸으로 그 종을 치지 않으면 안 된다. 이처럼 너무나도 평범하고 전혀 새로울 것이 하나도 없는 진담을, 그러나 그것을 진담이 아닌 농담으로 제목을 붙였을 때는 전혀 뜻밖에 새로운 충격을 주게 된다. 실없는 농담이 진담으로 변모하는 충격, 건달의 모습을 한 사내가 천사가 되는 충격, 희극 배우의 탈을 벗어버리고 진짜로 문화적 영웅(비극의 주인공)이 되는 충격 등이 반어법에 의한 극적 효과로 나타나게 되는 것이다.

봄눈이 녹자 만물이 소생한다. 옛 산천도 새로운 산천이 되고, 모든 가치들이 새로운 옷으로 갈아 입는다.

시인은 말의 씨를 뿌리고, 말의 꽃을 피우며, 말의 꽃다발을 선사하는 언어의 마술사이다. 농담이 진담으로 피어나면 벌과 나비들이 날아오고, 말과 말의 꽃다발이 더없이 아름답고 풍요롭게 온 천하를 덮어버린다.

오현정
절벽호텔

마추픽추를 보고 파삭의 숙소로 가는 중 우루밤바에서 절벽 꼭대기에 지어진 호텔을 보았다. 잠시 버스에서 내려 까마득한 절벽호텔을 올려다보았다. 일행 중 누군가가 예약은 밀려있고 숙박비 또한 만만찮다는데 꼭대기로 꼭대기로 죽기 위해 올라가는군, 뚱뚱한 고산증이 복상사를 염려한다. 여기저기서 말 멀미를 게워내자 하늘과 가장 가까운 스위트룸이 나를 내려다본다. 목을 젖히고 허리를 젖혀야 보이는 방 안의 튼튼한 심장들, 뛰어내리지 못하는 삶은 평지에서도 숨이 차다. 잃을 게 없는 저 높은 핑크 빛, 단 하루 밤의 투숙으로 몇 굽이의 절정을 저어가다 콘들의 눈알을 가슴에 넣고 까무러칠까, 언제 올라가 볼까? 모래폭풍에도 지워지지 않는 상형문자 하나 잉태를 위하여 가시투성이 키 큰 선인장을 이리 저리 껴안는다

어니스트 헤밍웨이는 미국의 소설가이며, 그의 대표
작으로는『무기여 잘 있거라』와『누구를 위하여 종을
울리나』와『노인과 바다』등이 있고, 그는 1954년『노
인과 바다』으로 노벨문학상을 받았다. 제1차 세계대전
과 제2차 세계대전 참전, 그리고 스페인 내전을 종군
기자로 취재한 바가 있고, 그 결과, '잃어버린 세대'로
서 술과 여자와 사냥과 낚시를 좋아했지만, 알콜중독
과 만성적인 우울증으로 자살을 하고 말았다. 하지만,
그러나 미국에서는 이러한 전력의 헤밍웨이가 강인함,
생존능력, 용기, 의지력, 멋 등에서 가장 멋진 삶을 산
사람으로 선정되었다고 하니, 참으로 이상야릇한 역설
이 아닐 수가 없다.

나는 누구이며, 누구를 위하여 종을 울리며, 어디로
가고 있는가? 바슐라르같은 몽상의 철학자에게는 삶
이란 아주 무거운 말이며, 생사란 지나치게 야비한 말
일 수도 있지만, 그러나 인간은 자기 자신의 삶과 죽
음 앞에서 영원한 백치이며, 촌뜨기에 지나지 않는다.
전쟁의 잔혹함과 그 참상을 그린『무기여 잘 있거라』
도 그렇고, 전쟁의 원인과 그 목적의 허구성을 파헤친
『누구를 위하여 종을 울리나』도 그렇고, 더없이 순수

하고 성실한 어부의 삶과 그 허망함을 그린 『노인과 바다』도 그렇다. '사느냐 죽느냐, 이것이 문제로다'라는 셰익스피어의 화두話頭는 '누구를 위하여 종을 울리나'의 헤밍웨이의 화두와도 통하고, 인간이 인간에게 늑대가 되는 상황은 '잃어버린 세대'라는 실존주의자들의 절규와도 통한다.

과연 헤밍웨이는 누구이며, 그는 누구를 위하여 종을 울리고, 그는 그 어디로 사라져가 버린 것일까? 부유하고 행복한 백인가정에서 태어나 신문기자가 되었던 헤밍웨이, 제1차 세계대전과 제2차 세계대전을 참전하고, 스페인 내전을 종군기자로서 취재했던 헤밍웨이, 신문기자투의 간단 명료한 문체로서 전세계의 독자들을 사로잡고 노벨문학상을 수상했던 헤밍웨이, 술과 여자와 사냥과 낚시에 취해 너무나도 야성적이고 남성적인 삶을 살다가 갔던 헤밍웨이—. 과연 헤밍웨이는 왜, 알콜중독과 만성적인 우울증에서 헤어나지 못했던 것이며, 그의 삶은 과연 행복했던 것일까?

절벽호텔은 까마득한 절벽 위에 세워져 있고, 숙박비도 비싸지만, 예약은 늘 밀려 있다. 절벽호텔만 바라

보아도 뚱뚱한 고산증이 복상사를 염려하고, 절벽호텔만 바라보아도 말이 멀미를 한다. 삶은 평지에서도 힘이 들고 숨이 차지만, 그러나 꼭대기로 꼭대기로 죽기 위해 올라가는 삶은 여전히 계속된다. 왜냐하면 이 세상이 절벽이고, 절벽타기가 삶 자체이기 때문이다. 농부라는 절벽, 노동자라는 절벽, 여자라는 절벽, 남자라는 절벽, 군대라는 절벽, 회사라는 절벽, 평지라는 절벽, 바다라는 절벽, 고산지대라는 절벽, 선생이라는 절벽, 판사라는 절벽—. 모든 이름들도 절벽의 다른 이름이고, 모든 직업도 절벽타기의 다른 이름이다. 콘들의 눈알을 가슴에 넣어도 피할 수가 없고, 모래폭풍에 지워지지 않는 상형문자를 잉태해도 피할 수가 없다. 오솔길도 없고, 우회로도 없고, 오직, 다만, 절벽만이 있을 뿐이다. 절벽이 삶의 터전이고, 절벽타기가 삶의 아름다움이고, 절벽에서의 추락이 삶의 완성이다.

절벽호텔에는 돌체의 시인의 꿈도 있고, 절벽호텔에는 서구의 제국주의를 물리치고 싶은 잉카인의 꿈도 있고, 절벽호텔에는 아빠와 엄마와 함께 행복한 삶을 살고 싶은 어린 소녀의 꿈도 있다. 무서운 것은 정상이 아니라 까마득한 절벽이다. 왜냐하면 정상도 삶의 끝

장이고, 밑바닥도 삶의 끝장이기 때문이다. 아래로도 까마득한 절벽이고, 위로도 까마득한 절벽이다. 왼쪽으로도 까마득한 절벽이고, 오른쪽으로도 까마득한 절벽이다. 손은 바위틈을 붙들고, 가슴은 헐떡거리고, 두 다리는 후들후들 떨린다. 올라가는 것도 위험하고, 내려가는 것도 위험하고, 올라가지 않는 것도 위험하다. 옆을 보아도 위험하고, 눈을 감아도 위험하고, 눈을 떠도 위험하다. 절벽호텔은 절벽 위에 있고, 절벽호텔에는 모든 것이 다 있다.

삶은 죽음이라는 절벽 위에 있고, 죽음은 삶이라는 절벽 위에 있다. 절벽은 삶의 터전이고, 모든 생명체들이 절벽 속에서 태어나 절벽 속에서 살며, 절벽 속에서 죽어간다. 이 세상의 삶은 절벽이기 때문에 아름답고, 이 세상의 삶은 절벽이기 때문에 행복하다. 이 세상의 삶은 절벽이기 때문에 슬프고, 이 세상의 삶은 절벽이기 때문에 불행하다. 이 희극과 비극이 교차하며 균형을 이루고, 오늘도 우리 인간들의 삶은 이 '절벽타기'를 가장 아름답고 멋진 예술로 승화시켜 나간다.

나는 누구이며, 누구를 위해 종을 울리고, 어디로 가고 있는 것일까라고, 오현정 시인은 묻고 있다. 그는

절벽타기의 시인이고, 절벽 위에 사는 사람들을 위해 종을 울리고(시를 쓰고), 그는 절벽에서 추락함으로써 가장 아름답고 멋진 삶을 완성해낸다.

오현정 시인의 절벽호텔은 높고 아름답다. 실존주의와 염세주의라는 절벽도 있고, 상징주의와 낭만주의라는 절벽도 있지만, 그러나 그는 그 절벽들을 넘어서서 낙천주의라는 절벽 위에다가 집을 짓는다. 우리는 오늘도 죽기 위해, 꼭대기로 꼭대기로 올라간다. 절벽호텔에서 방아쇠를 당긴다는 것은 노벨상 수상보다도, 술과 여자보다도, 사냥과 낚시보다도, 만인들의 존경과 찬사보다도 더욱더 아름답고 멋진 삶의 완성이라고 하지 않을 수가 없다.

시를 쓴다는 것은 절벽호텔을 짓는 것이고, 시를 쓴다는 것은 자기 자신의 머리에다가 방아쇠를 당기는 것이다.

절벽호텔은 '예술을 위한 예술'이고, '예술을 위한 예술'은 삶 자체가 예술이 된 예술인 것이다.

정일근
제주에서 어멍이라는 말은

따뜻한 말이 식지 않고 춥고 세찬 바람을 건너가
기 위해
제주에선 말에 짤랑짤랑 울리는 방울을 달아준다

가령 제주에서 어멍이라는 말이 그렇다
몇 발짝 가지 못하고 주저앉고 마는 어머니라는 말에
어멍이라는 말의 방울을 달면
돌담을 넘어 올레를 달려 바람을 건너
물 속 아득히 물질하는 어머니에게까지 찾아간다

어멍……, 이승과 저승의 경계를 지나
ㅇㅇ이라는 바퀴 제 몸 때리듯 끝없이 굴리며
그리운 것을 찾아가는 순례자의 저 숨비소리 같은 것

말은 황금 중의 황금이며, 이 황금의 말을 가진 자가 이 세상에서 최고의 부자가 된다. 말은 언어학적 질서 이외에도 주인과 노예, 혹은 상명하복식의 서열관계를 갖는다. 사병과 장교, 장군과 대장, 대장과 황제와도 같은 언어학적 질서 속에서 자기 자신의 목소리로, 자기 자신의 말을 할 줄 안다는 것은 그의 사회적 지위가 황제의 위치에 올라섰다는 것을 뜻한다. 말을 한다는 것은 명령한다는 것이고, 말을 듣는다는 것은 복종한다는 것이다. 말과 말이 모여서 이론이 되고, 이론과 이론이 모여서 사상이 된다. 말과 말, 또는 이론과 사상에는 최초의 명명자의 소유권이 각인되어 있으며, 우리는 그 소유권에 대한 복종의 형식으로 무한한 존경과 찬양을 바치지 않으면 안 된다.

정일근 시인의 「제주에서 어멍이라는 말은」 황금의 말이 되고, 이 황금의 말은 천리마가 된다. "따뜻한

말이 식지 않고 춥고 세찬 바람을 건너가기 위해/ 제주에선 말에 짤랑짤랑 울리는 방울을 달아준다"는 것은 말이 천리마가 되었다는 것을 뜻하고, 이 천리마는 "몇 발짝 가지 못하고 주저앉고 마는 어머니라는 말"을 뛰어넘어, "돌담을 넘어 올레를 달려 바람을 건너/ 물속 아득히 물질하는 어머니에게까지 찾아" 가게 된다. 어머니라는 말은 낡고 케케묵은 쇠붙이의 말에 지나지 않지만, '어멍'이란 말은 노랗고 새롭게 반짝이는 황금의 말이라고 할 수가 있다.

황금의 말은 천리마가 되고, 천리마는 황제가 된다. 어머니라는 낡고 케케묵은 쇠붙이를 닦으면 '어멍'이라는 노랗고 새롭게 반짝이는 황금의 말이 되고, 이 천리마는 "이승과 저승의 경계를 지나/ ㅇ이라는 바퀴 제 몸 때리듯 끝없이 굴리며/ 그리운 것을 찾아가는 순례자의 저 숨비소리 같은 것"이 된다. '어머니'가 '어멍'으로 살아 숨쉬고, '어멍'이라는 'ㅇ'의 바퀴를 달면 전지전능한 황제의 황금마차가 된다. 돌담도 뛰어넘고, 올레도 순식간에 완주한다. 바람도 건너, 이승과 저승의 경계를 지나, 순례자의 숨비소리도 찾아낸다.

'어멍'이란 따뜻하고 식지 않은 말이고, '어멍'이란 동

그란 바퀴(o)를 단 천리마이다. '어멍'은 황금의 말이 되고, 황금의 말은 '황제의 말'이 된다.

정일근 시인은 '어멍'이라는 제주도 사투리에다가 새로운 가치와 그 숨결을 부여했고, 「제주에서 어멍이라는 말은」의 소유권자(저작권자)가 되었다.

"어멍이란 천리마를 타고 싶은 자는 다 내게로 오라! 내가 너희들을 영원한 숨비소리의 세계로 인도하리니!"

시는 숨비소리이고, 영원한 우주적인 숨쉬기이다.

조영심　최금녀

장석주　도종환

이순희　이병연

이병률　이국형

신옥진　조순희

박분필　이화은

이소연　반칠환

김환식　양선희

최혜옥

조영심
쉼표를 연주하라

연주하라

숨 가쁜 하루의 가락에서 다음 가락까지 서툰 숨가락의 간격은 너무 멀고, 몰아쉰 숨의 고비가 거칠다 해도, 밝은 귀까지 닿아야 할 소리를 위해

때론 연주하지 마라 힘든 한 매듭의 음과 음을 건너느라 소리로 번지는 향기를 제쳐버리고 춤사위를 놓친 채 고저장단에만 매달리려거든

다시 연주하라

삼백예순날 도돌이표를 몰고 온, 숨의 박자에 고이는 숨결로 네 숨결의 무늬를 타라 오선지의 고저가 멈춘 바로 그 자리, 오직 박자만을 안고 있는 거기에서

'

,

,

　육신을 탓하는 정신이여, 쉼표도 악보의 일부입니
다,

음악이란 이 세상의 삶의 찬가이자 모든 불화를 다스리는 만병통치약이라고 할 수가 있다. 마음을 정화시키고 격정을 발산시키는 것, 사악한 악마마저도 유순하게 만들고, 신의 출현, 근접, 경청을 강요하고 미래를 자기 뜻대로 만드는 것, 요컨대 니체의 말대로 음악만 있으면 우리 인간들은 그 무엇이든지 다 할 수가 있었던 것이다.

  하지만, 그러나 인간이 있고 음악이 있는 것이지, 음악이 있고 인간이 있는 것이 아니다. 조영심 시인의 「쉼표를 연주하라」는 음악의 사회적 기능에 반하여 음악에 종속된 연주자의 삶을 각성시키는 매우 아름답고 뛰어난 시라고 할 수가 있다. "숨 가쁜 하루의 가락에서 다음 가락까지 서툰 숨가락의 간격은 너무 멀고, 몰아쉰 숨의 고비가 거칠다 해도, 밝은 귀까지 닿아야 할 소리를 위해" 악기를 연주해야 하지만, 그러나 때로는

잠시 숨을 고르며 연주를 해야 할 것이다.

음악이란 음과 음의 조화(향기)이며, 이 음과 음의 조화는 이 세상의 삶의 조화가 된다. 따라서 한 매듭의 음과 음 사이에 잡음이 생기고, "춤사위를 놓친 채 고저장단에만 매달"린다는 것은 반음악적이며, '쉼표의 미학'을 망각한 행위에 지나지 않는다.

쉼표는 생명의 숨결이며, 삶의 윤활유이다. 밝은 대낮 뒤에는 밤이 있어야 하고, 노동 뒤에는 휴식이 있어야 한다. 전쟁 뒤에는 평화가 있어야 하고, 탄생 뒤에는 죽음이 있어야 한다. 쉼표는 생명의 숨결이며, 이 숨구멍을 통해서 우주가 열리고, 모든 만물들이 살아 움직이게 된다.

음악에 있어서 쉼표는 생명의 숨결이며, 두 눈에 보이지 않는 악보와도 같다. 이 쉼표를 연주할 수 있는 자만이 "삼백예순날 도돌이표를 몰고 온, 숨의 박자에 고이는 숨결로 네 숨결의 무늬를" 타게 되고, 이 세상의 삶을 찬양하는 제일급의 연주자가 될 수가 있는 것이다.

조영심 시인은 음악을 알고 있는 사람이며, 「쉼표를 연주하라」는 오선지를 초월한 '쉼표의 미학'을 역설하고 있는 시라고 할 수가 있다.

최금녀
말, 미안하다

마음대로
함부로 잘라내거나 불에 태우는 것
목도 허리도 발끝도
어디에 단단하게 묶이는 것
할 수 없다

약속을 거절한다면
말은 사라질 것이다

헛웃음치며
아무데서나 반짝거린다
의미를 단단하게 거머쥐었다는 듯

구겨버려도
색은 변하지 않는 말

절뚝거리며
집으로 돌아가는 저녁
내가 쏟아낸 말들이
머리를 숙이고
미안하다고 한다

말이 말을 씻는다.

말은 수류탄보다도 더 힘이 세고, 말은 원자폭탄보다도 더 힘이 세다. 총과 화약과 무기는 제한된 거리에서 그 힘을 과시하지만, 말은 그 사정거리가 없다. 말 한 마디는 천리, 만리를 가고, 말은 빛보다 더 빠른 속도로 수많은 원자폭탄들을 무차별적으로 쏟아 부을 수도 있다.

말 한 마디로 천냥 빚을 갚을 수도 있고, 말 한마디로 생과 사의 운명을 결정할 수도 있고, 말 한 마디로 중국과 미국과 러시아와 일본 간의 제3차 세계대전을 막을 수도 있다.

말은 의사소통의 도구이지만, 그러나 그 형체가 없다. 함부로 잘라낼 수도 없고, 불에 태울 수도 없다. 목도, 허리도, 발끝도 단단하게 묶을 수도 없고, 마치 종이처럼, 구겨버릴 수도 없다. 말은 헛웃음치며 아무데서나 반짝거리고, 말은 상대방의 약점을 단단하게 거

머쥐었다는 듯이 두 눈알을 부라린다.

사랑의 도구이면서도 혐오의 도구인 말, 약속의 도구이면서도 배신의 도구인 말, 영광의 도구이면서도 치욕의 도구인 말, 따뜻한 봄볕같은 말이면서도 엄동설한의 한파와도 같은 말—. 오늘도 말이 말을 칭찬하고, 말이 말의 웃음을 만든다. 말이 말의 얼굴을 붉히고, 말이 말의 얼굴을 할퀸다. 말이 말의 뒤통수를 치고, 말이 말의 목을 비틀어 버린다. 말이 말의 월계관을 만들고, 말이 말의 사형대를 만든다. 말이 말을 감시하고, 말이 말을 저격한다.

말은 천하무적의 전사이지만, 그러나 하루의 일과가 끝나면 말도 절뚝거리며 집으로 돌아간다.

최금녀 시인의 「말, 미안하다」는 앞뒤와 좌우를 가리지 않고, 함부로 쏟아낸 말들을 반성하며, 그 미안한 만큼 말들에게 사죄를 하는 시라고 할 수가 있다. 머리를 숙이고 사죄를 하는 것은 내가 쏟아낸 말들이 아니라, 내가 그 말들에게 사죄를 하는 것이다. 시인은 말의 사제이며, 이 아름답고 위험한 말들을 사랑의 말들로 가꾸어야 할 사명과 의무가 있는 사람이다.

절뚝, 절뚝거리며 말에게 사죄를 하고, 시인이 시인

을 씻는 반성의 모습은 이 세상에서 가장 탁월한 수행자의 모습이라고 할 수가 있다.

　"말, 미안하다."

　말이 없으면 이 세상도, 인간도, 시인도 더 이상 존재할 수가 없는 것이다.

　말은 모든 종교의 기원이며, 시인은 말의 종교의 사제이다.

장석주
내 스무 살 때

참 한심했었지, 그땐 아무것도
이룬 것이 없고
하는 일마다 실패 투성이었지
몸은 비쩍 말랐고
누구 한 사람 나를 거들떠보지 않았지
내 생은 불만으로 부풀어 오르고
조급함으로 헐떡이며 견뎌야만 했던 하루하루는
힘겨웠지, 그때
구멍가게 점원자리 하나 맡지 못했으니

불안은 나를 수시로 찌르고
미래는 어둡기만 했지
그랬으니 내가 어떻게 알 수
있었을까, 내가
바다 속을 달리는 등 푸른 고등어 떼처럼

생의 가장 아름다운 시기를 통과하고 있다는 사실을

그랬으니, 산책의 기쁨도 알지 못했고

밤하늘의 별을 헤아릴 줄도 몰랐고

사랑하는 이에게 사랑한다는 따뜻한 말을 건넬 줄

도 몰랐지

인생의 가장 아름다운 시기는 무지로 흘려보내고

그 뒤의 인생에 대해서는

퉁퉁 부어 화만 냈지

장석주 시인의 「내 스무 살 때」는 낭만주의자로서의 가장 아름다운 시이며, 이 낭만주의자의 꿈이 상실된 것에 대한 자기 반성과 성찰이 가장 아름답게 승화된 시라고 할 수가 있다. 금수저가 아닌 흙수저를 물고 태어났으니 부모님의 유산을 물려받았을 리가 없고, 태어나면서부터 하루 밥 세 끼를 걱정해야 했으니 정상적인 학교 교육은커녕, 자기 자신의 적성과 천재적인 능력이 무엇인지도 알 리가 없었다.

참으로 한심했었고, 그때는 아무 것도 이룬 것이 없었다. 하는 일마다 실패의 연속이었고, 시립도서관에 앉아서 이 책, 저 책이나 읽으며 시를 쓰는 그를 누구 하나 거들떠 보지도 않았다. 얼굴은 미남이고 총명한 두 눈동자를 지녔지만, 몸은 비쩍 말랐고, 수많은 불평과 불만으로 하루 하루를 힘겹게 지내지 않으면 안 되었다.

시가 무엇인지도 모르고 시를 쓰고, 시인이 무엇인지도 모르면서 꿈이 컸으니까, "구멍가게 점원자리"가 눈에 들어 올 리가 없고, 날이면 날마다 "이제는 너도 무엇인가를 해야 되지 않니"라는 어머니의 말씀이 귀에 들어올 리가 없었다. 불안은 그를 수시로 찍어누르고 미래는 어둡기만 했었고, "바다 속을 달리는 등 푸른 고등어 떼처럼/ 생의 가장 아름다운 시기를" 그렇게 통과하고 있었던 것이다. 산책의 기쁨도 알 수 없었고, 밤 하늘의 별들을 헤아릴 줄도 몰랐고, 사랑하는 이에게 사랑한다는 따뜻한 말도 건넬 줄도 몰랐다.

스무 살은 산을 뽑아 옮기고, 스무 살은 아시아에서 유럽으로, 유럽에서 북미로, 북미에서 아프리카 등으로 날아다니며 천하를 다스릴 수 있는 황제의 꿈을 꿀 수 있는 나이이다. '시의 황제', '소설의 황제', '음악의 황제', '영원한 제국의 황제'가 그 스무 살의 꿈 속에서 태동하며, 모든 것이 가능성으로만 다가올 나이라고 할 수가 있다. 불안도 모르고, 공포도 모르며, 그는 천하무적의 용사로서 그 모든 것을 장악해나가게 된다.

하지만, 그러나 장석주 시인의 「내 스무 살 때」는 그 꿈을 상실하고, 모든 가능성을 상실했던 젊은 시절을

반성하고 성찰하며, 그 결과를 이처럼 아름답고 뛰어난 시로 승화시켜 놓은 것이다. "인생의 가장 아름다운 시기는 무지로 흘려보내고/ 그 뒤의 인생에 대해서는/ 통통 부어 화만 냈지"라는 시구는 진정한 시인의 경지이며, 그 구체적인 증거는 "바다 속을 달리는 등푸른 고등어 떼처럼/ 생의 가장 아름다운 시기를 통과하고 있다는 사실을/ 그랬으니, 산책의 기쁨도 알지 못했고/ 밤하늘의 별을 헤아릴 줄도 몰랐고/ 사랑하는 이에게 사랑한다는 따뜻한 말을 건넬 줄도 몰랐지"라는 시구라고 할 수가 있다. 장석주 시인은 비쩍 마른 몸으로 가난한 현실과 불안한 미래와 싸우며, 매우 역설적이게도 이처럼 낭만적인 꿈과 사랑을 노래한 진정한 시인의 경지에 도달해 있었던 것이다. 이태백은 시선詩仙이라고 부르고, 두보는 시성詩聖이라고 부른다. 너무너무 거창한 용어이기는 하지만, 장석주 시인은 「내 스무 살 때」로 낭만주의의 대가, 즉, 참다운 시인이 되었다고 우리는 말할 수가 있을 것이다.

반어법과 역설의 문법, 그는 바다 속을 달리는 등 푸른 고등어떼처럼 책을 읽고 산책을 하며, 수많은 별들

과 대화를 하며, 사랑의 시를 써왔던 것이다. 가난을 긍정하고 고통을 초월할 때 시인이 되고, 불안과 공포와 초조함과 손을 잡고 싸우며, 천하무적의 용사로서 언어의 밭을 갈고 닦을 때, 그는 진정한 시인이 된다.

스무 살, 그렇다.

인생에 있어서 가장 소중하고 중요한 시기를 맞이하고 있는 우리 젊은이들에게, 삼포(연애, 결혼, 출산 포기), 오포(연애, 결혼, 출산, 인간관계, 내집 마련 포기), 칠포(연애, 결혼, 출산, 인간관계, 내집 마련, 희망, 꿈 포기)의 늪에 빠져있는 우리 젊은이들에게 무한한 용기와 격려를 보내며, 낭만적 꿈과 희망과 사랑을 선사해주는 시인, 장석주 시인의 참다운 노래가 여기에 있는 것이다.

장석주 시인의 가난과 고통은 「내 스무 살 때」의 토대가 되고, 그의 무한한 반성과 성찰은 영원불멸의 고전으로 완성되었다.

스무 살은 이태백이고, 두보이고, 윤동주이고, 김수영이다.

스무 살은 호머이고, 셰익스피어이고, 보들레르이고, 랭보이다.

도종환

흔들리며 피는 꽃

흔들리지 않고 피는 꽃이 어디 있으랴
이 세상 그 어떤 아름다운 꽃들도
다 흔들리면서 피었나니
흔들리면서 줄기를 곧게 세웠나니
흔들리지 않고 가는 사랑이 어디 있으랴

젖지 않고 피는 꽃이 어디 있으랴
이 세상 그 어떤 빛나는 꽃들도
다 젖으며 젖으며 피었나니
바람과 비에 젖으며 꽃잎 따뜻하게 피었나니
젖지 않고 가는 삶이 어디 있으랴

이 세상에서 가장 맛있고 영양가가 풍부한 음식은 지혜이다. 나는 두 번 다시 태어난다고 하더라도 이 지혜를 사랑하는 미식가가 될 것이다. 돈과 명예와 권력보다도 더 소중하고, 이 지혜처럼 즐겁고 기쁘고 상쾌한 음식은 없다.

플라톤의 이상국가, 아리스토텔레스의 정치학, 데카르트의 성찰, 칸트의 비판철학, 마르크스의 공산주의, 니체의 디오니소스 철학, 토마스 모아의 유토피아, 프로이트의 정신분석학, 공자의 논어, 맹자의 맹자, 장자와 노자의 무위철학, 부처의 극락, 예수의 천국 등, 이동, 서양의 맛집들에 비하면, 그 모든 맛집들은 천민들의 그것에 지나지 않는다.

지혜는 미래에서 출발하여 현재에 이르고, 지혜는 비진리에서 출발하여 진리에 이른다. 지혜는 상상에서 출발하여 지상낙원에 이르고, 지혜는 과거에서 출발하여 머나먼 미래를 산다. 지혜는 썩지도 않으며, 지

혜는 낡지도 않는다. 지혜는 남녀차별도 모르며, 지혜
는 인종차별도 모른다. 지혜는 국경도 없으며, 지혜는
전인류를 먹여 살릴 수 있는 최고급의 황금양식이다.

흔들리지 않고 피는 지혜가 어디 있으랴

이 세상 그 어떤 아름다운 지혜들도

다 흔들리면서 피었나니

흔들리면서 줄기를 곧게 세웠나니

흔들리지 않고 가는 지혜사랑이 어디 있으랴

젖지 않고 피는 지혜가 어디 있으랴

이 세상 그 어떤 빛나는 지혜들도

다 젖으며 젖으며 피었나니

바람과 비에 젖으며 영양만점으로 피었나니

젖지 않고 가는 지혜가 어디 있으랴

오오, 지혜여, 호머와 셰익스피어가 사랑했던 전인
류의 황금양식이여!!

오오, 도종환 시인이여, 모든 '흔들림의 미학'의 기
원인 지혜여!!

이순희

자화상

새벽 창가에 서서
내 허물을 되짚어 보네
한 가지 두 가지 세 가지……
그만 눈을 감고 마네

사람의 얼굴은 한 뼘의 얼굴이고, 이 한 뼘의 얼굴에는 만권의 책이 들어 있다. 눈이라는 책, 코라는 책, 입이라는 책, 혀라는 책, 눈썹이라는 책, 뺨이라는 책, 볼이라는 책, 머리카락이라는 책, 턱이라는 책, 점이라는 책, 주름이라는 책, 눈꺼풀이라는 책, 이마라는 책, 머리카락이라는 책, 수염이라는 책, 슬픈 표정의 책, 기쁜 표정의 책 등─, 우리 인간들은 이 얼굴을 통해서 살고, 이 얼굴을 통해서 울고 웃으며 죽어간다.

이순희 시인의 「자화상」은 허물의 자화상이고, 슬픈 자화상이라고 할 수가 있다. 새벽에 일어나 한 가지, 두 가지, 세 가지 자기 자신의 허물을 발견하고, 그 허물을 벗으려는 천사의 마음이 이 슬픈 표정의 주조를 이룬다.

허물은 자기 자신의 잘못이고, 시행착오이며, 허물

은 삶의 껍질이고, 삶의 때이다. "새벽 창가에 서서/ 내 허물을 되짚어 보네/ 한 가지 두 가지 세 가지"라 고 이순희 시인처럼 반성과 성찰을 하지 않는 사람은 자기 자신의 잘못과 시행착오와 삶의 껍질과 삶의 때 를 모르는 사람이며, 따라서 그는 허물을 벗을 수 없 는 뱀과도 같다.

새벽에 깨어 있다는 것은 하나, 둘 허물을 벗고 새 로운 날개를 얻기 위한 것이고, 새로운 날개를 얻는다 는 것은 이 세상의 사막마저도 이상낙원으로 건설하 기 위한 것이다. 밤 하늘이 아름다운 것은 새벽이 다 가오기 때문이고, 새벽이 아름다운 것은 모든 벽을 허 물고 새벽에다가 새로운 「자화상」을 걸어놓을 수가 있 기 때문이다.

이 세상의 그 어디에다가 집을 지어야 하는가? 만 권의 책이 저장되어 있는 곳, 즉, 자기 자신의 얼굴에 다가—.

사람은 어떻게 살아야 하는가? 날이면 날마다 「자 화상」을 그리며, 그때마다 끊임없이 새롭게 태어나는 것이다.

시계의 초침 소리가 새롭고, 먼동이 트고, 「자화상」
과 명예는 하나가 된다.

이병연

꽃이 보이는 날

길가에 꽃이 보이지 않는 날은
그대가 가까이 있어도
먼 산 같은 날

길가에 꽃이 보이는 날은
그대가 멀리 있어도
내 곁에 있는 날

이 세상에서 가장 아름다운 것은 '부부꽃'이다. 사랑하는 아내를 얻은 남편이 가장 행복하고, 사랑하는 남편을 얻은 아내가 가장 행복하다. 이 행복한 남녀가 만나서 사랑의 씨를 뿌리고, 생사를 함께 하는 영원한 하나가 된다.

길가에 꽃이 보이지 않는 날은 그대가 미워지는 날이고, 그러니까 그대가 가까이 있어도 먼 산과도 같아진다. 하지만, 그러나 길가에 꽃이 보이는 날은 그대가 더욱더 사랑스러운 날이고, 그러니까 그대가 멀리 있어도 내 곁에 있는 것과도 같아진다.

사랑은 서로 서로 떨어져 있거나, 서로 서로 가까이 있거나 시간과 공간을 초월하여 늘 함께 한다.

사랑은 '부부꽃'이고, 이 '부부꽃'은 영원히 지지 않는다.

이병률
거인고래

거인고래는 크지 않습니다
왼 눈은 감정 있는 것을 보고
오른 눈은 죽어 있는 것을 보기를 좋아합니다
상처가 생기면 상처 된 자리를 스스로 떼어내 번지
지 않게 하며
백 오십년을 살 뿐 오래 살지 않습니다
그 일생의 한번 나의 천막에 들른다 하였습니다

밤은 어둡고 꽃들은 서로를 모른 체 하는 사이
나는 그의 눈을 받아먹고 고양이 되고 얼음이 되고
눈발이 되려
질척이며 그가 오는 소리를 향하여 몸 돌리려 하였
습니다
헌데 거인고래는 살아오지 않는 존재라 하였습니다
기다리는 일은 구실이며 병이라 하였습니다

그러니 설레는 일 없도록 다 내려놓아야겠는데

팔뚝에 불을 질러 연기를 피우는 천막 밖의 저 큰 나무

큰 나무 아래 몸에서 몸 위로 까무러치는 수천의 달月들

혹 내가 터를 옮길 적마다 서 있던 저 나무 한 그루가 거인고래는 아니었는지요

그것으로 다녀간 것으로 치자는 셈은 아닌지요

거인고래가 다녀가고 나와 내 생각의 풍경들은 마지막을 바라보는 일이 많아졌습니다

이병률 시인의 말에 따르면 '거인고래'는 크지도 않고, 왼 눈은 감정 있는 것을 보고, 오른 눈은 죽어 있는 것을 보기를 좋아한다. 상처가 생기면 상처된 자리를 스스로 떼어내 번지지 않게 하며, 백 오십년을 살 뿐, 오래 살지는 않는다. 왼 눈이 감정 있는 것을 본다는 것은 살아 있는 자를 본다는 것이고, 오른 눈이 죽어 있는 것을 본다는 것은 죽은 자의 세계를 본다는 것이다. 거인고래는 이승과 저승을 넘나들 수 있는 존재이며, 스스로 상처를 치유하며 백 오십년을 살 수 있는 존재이다.

일생에 한번은 나의 천막에 들린다고 하였던 거인고래, "밤은 어둡고 꽃들은 서로를 모른 체 하는 사이/ 나는 그의 눈을 받아먹고 고양이 되고 얼음이 되고 눈발이 되려/ 질척이며 그가 오는 소리를 향하여 몸을 돌리려"고 하였지만, 그러나 "거인고래는 살아오지 않는

존재라"고 하였고, 거인고래를 "기다리는 일은 구실이며 병이라"고 하였고, "그러니 설레는 일 없도록 다 내려놓아야"만 했었다.

이병률 시인의 「거인고래」는 크나큰 인간고래이며, 시인의 상상 속에서만 존재하는 미래의 이상적인 인간일는지도 모른다. 거인고래는 존재하지 않기 때문에 존재하며, 거인고래는 존재하기 때문에 존재하지 않는다. 거인고래는 이승과 저승을 자유자재롭게 넘나드는 존재이고, 그 어떤 병과 상처도 스스로 치유하며 백 오십년을 살 수 있는 존재이다. 거인고래는 일생에 단 한 번 나의 천막에 들린다는 존재이기도 하고, 살아서는 결코 오지 않는 존재이기도 하다. 천막 밖의 저 큰 나무이기도 하고, "큰 나무 아래 몸에서 몸위로 까무러치는 수천의 달月들"이기도 하고, "내가 터를 옮길 적마다 서 있던" 한 그루의 나무이기도 하다.

거인고래는 자유자재롭게 몸을 바꾸고, 거인고래는 생과 사를 넘나들며 백 오십년을 살 뿐 오래 살지 않는다. 모든 것은 신화적이며, 이 거인고래가 사는 시간과 장소도 신화적이다. 따라서 거인고래는 하늘을 날아다니는 수천의 달들(별들)일 수도 있고, 바다 밑에서

이글이글 타오르는 태양일 수도 있다. 거인고래의 수명이 백 오십년이라는 것은 1년의 길이가 100억 광년인 우주의 나이이기 때문에, 거인고래의 나이를 지구의 나이로 환산할 수도 없다.

거인고래는 인간고래이며, 모든 기적을 주재한다. 거인고래는 빛의 속도로 날아다니며 수없이 그 몸을 바꾼다. 거인고래의 눈을 받아 먹으면 고양이가 될 수도 있고, 얼음이 될 수도 있고, 그 모든 것이 될 수도 있다.

거인고래는 거인고래의 말과 법으로 새로운 우주를 창출해낸다.

이것이 이병률 시인이 '거인고래'라는 상상의 동물, 즉, 미래의 인간을 탄생시킨 이유가 되고 있는 것인지도 모른다.

이국형
시인是認

 내가 시인 하지 않은 건 다행이다 길을 걷다가 밥을
먹다가 중얼거림으로 시를 쓰고 거기에 이름 석 자 붙
여보고 싶을 때가 있었다 그랬다면 박용래 보다 눈물
은 많았을 것이고 함민복 보다 가난하여 눈물은 더 짰
을 것이다 눈물이나 가난을 놓고 시인들과 견주어 보
려는 것은 아니다 지천명을 지천에 깔린 게 명이라고
우기거나 때로는 부끄러운 고백을 봄밤 개짖듯 짖어대
다 아침에 무슨 일 있었냐는 듯 세상에 끼어들고 있기
때문이다 마음으로 울고 가난을 세숫물 정도로 여기며
아프면 아픈 대로 하루쯤 문 걸어 잠그고 지천을 오르
락 내리락 하고 싶었지만 여전히 그러지 못하는 나는
시인 하지 않은 게 천만다행이다

이국형 시인의 「시인是認」은 매우 중의적이며, 그 말의 울림이 아주 크고도 넓다. "길을 걷다가 밥을 먹다가 중얼거림으로 시를 쓰고 거기에 이름 석 자 붙여보고 싶을 때가" 있었고, 만일 "그랬다면 박용래 보다 눈물은 많았을 것이고 함민복 보다 가난하여 눈물은 더 짰을 것이다." '시인是認'이란 어떠한 사실을 옳다거나 그러하다고 인정할 때 쓰는 말이고, 따라서 그가 "시인하지 않은 건 다행이다"라고 말한 것은 박용래와 함민복 같은 시인의 길을 가지 않았다는 것을 뜻한다. 눈물이나 가난을 놓고 시인들과 견주어 보려는 것도 아니고, "마음으로 울고 가난을 세숫물 정도로 여기며 아프면 아픈 대로 하루쯤 문 걸어 잠그고 지천을 오르락내리락 하고 싶었지만", 그러나 그렇게 하지 않은 것이 천만다행이었던 것이다.

하지만, 그러나 이국형 시인은 왜, 시인의 길을 가지

않은 것을 천만다행으로 생각하면서도 하필 그러한 심정을 시로 쓰고 있는 것일까? 과연 시란 무엇일까? 시란 소위 성공한 인간들의 울음방과도 같은 것일까? 울고 싶어도 울 수 없고, 자유롭고 싶어도 자유롭지 못한 인간들의 영원한 해방공간과도 같은 것일까? 때로는 대낮보다는 밤이, 웃음보다는 울음이, 명예보다는 평범함이, 돈 많은 부자보다는 가난한 자유인이 더 그립고 간절한 때가 있었을 것이다. 이태백과 굴원이 그것을 말해주고, 박용래와 함민복이 그것을 말해준다. 하지만, 그러나 「시인是認」의 이국형은 이태백과 굴원, 또는 박용래와 함민복이 아닌 파우스트와 지킬 박사의 유형이고, 그들은 천사의 탈을 쓰고 악마에게 영혼을 팔아버린 자들에 지나지 않는다. 프로이트의 말대로 억압의 대상이 된 것은 억압을 낳게 한 심급을 통해서 그 억압을 가한 자에게 복수를 하고, 그 후회의 감정, 즉, 양심의 가책에 사로잡히게 한다.

시인이란 눈물이 많은 사람이지, 웃음이 많은 사람이 아니다. 시인이란 가난한 사람이지, 돈 많은 사람이 아니다. 시인과 기쁨, 시인과 부유함은 전혀 어울리지 않은 말이며, 시인이란 마음으로 울고 가난을 세숫

물처럼 여기며, 말의 순수성과 인간의 순수성을 지켜 나가는 사람이라고 할 수가 있다. 시인은 말의 사제이며, 전인류의 성직자이고, 이러한 시인들의 희생정신에 의하여 우리 인간들은 때묻지 않은 말을 사용하고, 인간과 인간간의 상호신뢰와 사랑의 관계를 형성할 수가 있는 것이다.

시인은 말의 사제이고, 시인은 가난하다. 시인의 길은 자기 자신의 뼈를 깎아 붉디 붉은 피로 시를 쓰는 길이며, 이국형 시인은 이 시인의 사명 앞에서 미리부터 주눅이 들고 겁을 집어먹은 소인배에 지나지 않았던 것이다. 시인은 고귀하고 위대한 길을 가지만, 소인배는 자기 자신의 재능과 천직을 버리고 부귀영화의 길을 간다. 이국형 시인의 「시인是認」은 시인의 길을 배척했던 변명과, 그 변명을 뛰어넘어 이처럼 시인의 길로 돌아온 자의 '입문의 변'이라고 할 수가 있다.

이제 나는 마음으로 울고 가난을 세숫물 정도로 여기며, 대시인의 길을 갈 것이다. 울음으로 영원한 시인이 되고, 가난 자체로 전인류의 영원한 자유인이 될 것이다. 시인是認은 시인詩人이 되고, 시인詩人은 전인류의 사제가 된다.

시는 사상의 꽃이고, 사상은 시의 열매이다. 시를 쓴 다는 것은 천지를 창조하는 것이며, 시인이란 천지창 조주이다. 태초에 시인이 있었고, 시인이 언어를 통해 서 이 세계를 창출해냈다.

오오, 모든 신화와 종교의 아버지인 시인이여!!

신옥진
백남준 2

과학자인가

음악가인가

화가인가

철학자인가

그 모든

것이었던

예술가

옥토끼 방아찧던

달속은 어울리지

않는다

유인 우주선이

떠다니는 우주속에서

별차를 타고

이 별 저 별

별나라를

헤매고 있네

— 신옥진 시집, 『화가를 그리다』에서

백남준은 1932년 서울에서 태어났고, 2006년 미국 플로리다에서 사망했다. 백남준은 20세기 '비디오 아트'를 창출해낸 최고의 전위주의 작가였으며, 수많은 비평가들로부터 조각가, 행위예술가, 비디오 아트의 창시자라고 불려지게 되었다. 그는 미국의 전위작곡가인 존 케이지와의 만남을 통하여 그의 창조적인 작곡과 비정통적인 사고방식을 배웠으며, 그 결과, "콜라주 기법이 유화물감을 대신했듯이 브라운관이 캔버스를 대신하게 될 것이다"라고 선언하게 되었다. 대표작품으로는 「달은 가장 낡은 것이다」, 「도큐멘타 6」, 「굿모닝 미스터 오웰」, 「바이바이 키플링Bye Bye Kipling」, 「다다익선多多益善」, 「비디오 때 비디오 땅」 등이 있으며, 1993년 베네치아 비엔날레 대상인 황금사자상, 1995년 후쿠오카 아시아문화상, 1996년 호암상, 1997년 비독일인 예술가에게 주어지는 괴테메달상, 1999년

미국 마이애미 예술가상, 2000년 대한민국 금관문화
훈장을 받는 등, 20세기 최고의 실험작가 중의 한 사
람이었다.

백남준은 과학자이자 음악가였다. 그는 화가이자 철
학자였고, 그리고 그 모든 것을 종합할 수 있는 예술
가 중의 예술가였다. 신옥진 시인은 이러한 백남준의
예술 세계를 "옥토끼 방아찧던/ 달속"이 아니라, "유
인 우주선이/ 떠다니는 우주 속에서/ 별차를 타고/ 이
별 저 별/ 별나라를" 유영하는 우주인으로 명명을 하
게 된다. 그 어느 누구도 하지 못한 것, 그 어느 누구
도 가 보지 않은 곳, 그 인적미답의 세계 속에다가 자
기 자신의 집을 짓고, 빛보다 더 빠른 속도로 우주인이
되어갔던 백남준은 가히 20세기의 최고의 이상주의자
였는지도 모른다. 그 백남준이 "예술은 사기다/ 라고
말했지만" 그러나 그 사기는 "아무나 흉내낼 수/ 없는
사기"라는 것이 신옥진 시인의 제일급의 감정평가이기
도 했던 것이다. 별차를 타고 이 별, 저 별로 시간여행
을 다니며 기껏해야 다 찌그러진 고물들을 통해서 '비
디오 아트'라고 명명했던 백남준, 그 지적 사기를 통하
여 돈과 명예와 권력을 다 얻었던 백남준, 그러나 그

가 그 지적 사기를 통하여 이 별과 저 별로의 시간여행을 보여주지 않았다면, 우리는 이 지옥같은 현실을 어떻게 벗어나고, 그 머나먼 우주의 세계를 어떻게 알 수가 있었단 말인가?

지혜를 가진 자는 전체 인류의 구원자인데, 왜냐하면 그는 그의 지혜를 다 주고 가기 때문이다. 공수래공수거空手來空手去, 즉, 빈손으로 왔다가 빈손으로 가는 것이다. 시를 쓰지 않는다는 것, 그림을 그리지 않는다는 것, 작곡을 하지 않는다는 것, 책을 출간하지 않는다는 것은 지식인으로서의 가장 파렴치한 만행이며, 그 지식과 그 경험들을 다 싸들고 가겠다는 속물주의자의 화신이라고 하지 않을 수가 없는 것이다. 부자로서 죽는 것이 부끄러운 일이듯이, 지식인으로서의 사랑의 실천은 그의 모든 것─지식, 그림, 음악, 책, 재산─을 다 퍼주고 가지 않으면 안 되는 것이다. 돈도 인류의 공동재산이고, 지식도 인류의 공동재산이며, 명예도 인류의 공동재산이다. 시를 쓴다는 것은 지식의 분배가 되고, 그림을 기증한다는 것은 부의 분배가 된다. 지식의 분배와 부의 분배는 사랑의 실천이 되고, 이 사랑의 실천이 천하의 명시로서 그 시의 향기를 퍼뜨려나가게

된다. 신옥진 시인은 이론과 실천을 다 갖춘 시인이며, 오늘도 그의 소우주인 『화가를 그리다』에서 수천 년의 역사와 그 시공을 초월해서 수많은 시인과 예술가들과 함께 그 이야기꽃을 피워나간다.

조순희

소

퇴근 무렵,
한 사내가 술을 마신다

두어 평 남짓한 포장마차에 앉아
잘려나간 하루를 되새김질한다

주름진 목 안으로 불편을
밀어 넣고 있다

📖

신GOD을 개DOG로 표현한 어느 흑인 소녀가 있다고 한다. 신은 정의롭지도 않으며, 만인을 사랑하는 것도 아니고, 신은 다만 개처럼 부자들을 위해 봉사를 한다. 신은 전지전능하지도 않으며, 부자들의 명령대로 전혀 터무니없고 허무맹랑한 이상세계(천국)를 설명해야 하기 때문에, 신은 죽어갈 수도 없다. 오늘날의 부자들은 전지전능한 악마이며, 전지전능한 신이란 이 악마들이 고용한 충견忠犬에 지나지 않는다. 황금은 왕관이 되고, 왕관은 면죄부가 되고, 면죄부는 전지전능한 부자들의 상징이 된다. 오늘날은 도덕도, 법률도, 정의도, 사랑도, 신뢰도, 그 모든 것이 대청소된 시대이며, 그 어떤 구원의 손길도 필요없는 잔혹극이 펼쳐지고 있는 시대라고 할 수가 있다.

부지런히 일을 하는 사람을 근면한 사람이라고 부르고, 온갖 정성을 다하여 진실되게 사는 사람을 성실한

사람이라고 부른다. 근면 성실한 사람은 자기 스스로 자기 자신의 도덕철학에 의하여 살아가는 사람이며, '나'를 희생시켜, 자기 자신과 가족과 그 이웃들을 다 살려내는 사람이라고 할 수가 있다. 도덕도 필요가 없고, 법률도 필요가 없다. 자유와 사랑과 평등도 필요가 없고, 정의와 신뢰와 계약도 필요가 없다. 근면 성실한 사람은 정의로운 사람이며, 자기 자신을 떠나서 그 모든 것을 다 바치기 때문에, 그 모든 말들은 언어의 유희에 지나지 않는다.

하지만, 그러나 덩치는 크고 힘만 좋은 소, 주인의 채찍을 맞거나 채찍을 맞지 않아도 묵묵히 일만 하는 소, 근면 성실함의 대명사이면서도 아무런 공격성을 갖추지 못한 소, 살과 가죽과 그 모든 것을 다 주고 떠나야만 하는 바보천치같은 소—. 도덕과 법률이 난무하고, 자유와 사랑과 평등이 채찍이 되고, 정의와 신뢰와 계약이 '인간에 의한 인간의 착취'와 '사기의 보증수표'가 된다. 돈이 돈을 낳고 돈이 궁극적인 목표가 되는 자본주의 사회는 자연에 거역하는 악마들의 사회이며, 그 결과, 자연과 생태환경과 인간성 등, 그 모든 것이 파괴될 수밖에 없었던 것이다.

"퇴근 무렵/ 한 사내가 술을 마신다// 두어 평 남짓한 포장마차에 앉아/ 잘려나간 하루를 되새김질한다// 주름진 목 안으로 불편을/ 밀어 넣고 있다." 퇴근 무렵 한 사내의 하루는 잘려나간 하루이고, 이 잘려나간 하루는 너무나도 잔인하고 끔찍한 잔혹극과 관련이 있다. 언어와 언어가 맞부딪치며 불꽃을 튀기고, 끝끝내는 해고와 명예퇴직이라는 언어의 칼날이 한 사내의 정신과 육체를 베어버린다. 날이면 날마다 근면 성실이라는 채찍이 힘에 겨웁고, 그 결과, 타는 듯한 갈증으로 술을 마셔보지만, '불편'이라는 되새김질만을 하게 된다.

　때는 퇴근무렵이고, 장소는 두어 평 남짓한 포장마차 안이고, 오늘의 주제는 너무나도 잔인하고 끔찍한 잔혹극이다. 노쇠해진 육체는 노동력을 상실했고, 시곗바늘은 최후의 심판을 가리키며, 한 사내의 생애는 부자들을 위한 제물이 된다.

　신이 말한다. "부자들은 전지전능하다. 또다시 태어나거든 묵묵히 일만 하는 소가 되거라!!"

　압축과 절제, 읽고 또 읽을수록 더 많은 생각을 하게 하는 조순희 시인의 「소」, 그 초라한 몸짓과 불편한 모습으로 곧 시한폭탄을 터뜨릴 것만 같은 소—.

박분필
자작나무 自敍傳

자작나무 숲속에 들어서자
반듯하게 갖춰진 지필묵부터 먼저 보인다

눈부신 백지 한 장이 바닥에 깔려 반짝이고
  명암이 깊은 하늘에 자작나무붓끝이 막 묵墨을 찍
는 중이다

붓을 떼자 기러기 한 마리
깃털에 묻은 먹을 털고 푸른 하늘로 날아오른다

쭉쭉 곧게 세워진 붓대들의 연결사이로
가득한 여백의 연결이 도드라져 보이고

붓과 여백이 마음껏 필묵의
자유를 누리며 작품을 자작自作하는 중이다

먹을 갈고 붓을 다듬는다
찍고, 긋고, 맺기를 반복한다

자작나무 숲 백지 위에
구김 없는 또 한 장의 백지를 반듯하게 펼친다

자작자작 찢어 흩뿌리는
파지조각이 내 어깨에 하얗게 쌓인다

📖

　인간은 사유할 줄 아는 동물이고, 이 사유의 힘으로 만물의 영장이 되었다. 사유한다는 것은 어떤 사건과 현상들을 밝혀내고, 그 사건과 현상들을 명명함으로써 미지의 것을 앎의 보호 아래 둔다는 것이다. 앎(지혜)은 그 모든 것의 정체를 밝혀내고, 그것의 이로움과 해로움, 또는 그것의 특징과 모양과 사용가치 등을 알려준다. 인간의 생명은 유한하지만, 그러나 앎(지혜)이 유전되기 때문에 인류의 역사는 발전에 발전을 거듭해왔던 것이다.

　이 세상에서 누가 가장 강력한가? 그것은 두말할 것도 없이 앎을 가장 많이 가지고 있는 자이다. 이 세상에서 누가 가장 부유한가? 이것 역시도 앎을 가장 많이 가지고 있는 자이다. 세속의 권력은 십년을 넘지 못하고, 그 어떤 경제적 부유함도 삼대를 넘지 못한다. 하지만, 그러나 전인류의 스승들인 공자와 맹자와 소크

라테스와 플라톤 등의 앎은 천년, 만년 그 권력과 부유함을 상실하지 않고 전인류를 먹여살린다. 앎의 사용가치 앞에서는 만인이 평등하고, 우리 인간들은 오직 더 많은 앎을 얻기 위하여 그토록 어렵고 힘든 교육과정을 거쳐왔던 것이다.

박분필 시인의 「자작나무 自敍傳」은 시서화詩書畵의 총화이자, 앎의 생산성의 극치라고 할 수가 있다. 자작나무는 스스로 종이와 붓을 만들고 글을 쓰는 나무이며, 그 새하얀 거룩함으로 이상낙원을 창출해낸 나무라고 할 수가 있다. 옛것을 익히고 새것을 배우는 자작나무, 새것을 익히며 옛것을 소중히 생각하는 자작나무, 배우고 생각하며 사물의 깊은 이치를 깨닫는 자작나무, 생각하고 배우며 어떠한 사상이나 이념의 늪에 빠지지 않는 자작나무, 명예와 생명은 하나라는 선비정신으로 그 어떠한 불의와도 맞서 싸우며, 이 세상에서 가장 영양가가 풍부한 앎을 생산해내는 자작나무—, 이 자작나무는 언제, 어느 때나 몸과 말을 단정히하고, 문장력과 판단력이 대단히 뛰어난 시서화의 대가이자 전인류의 스승이라고 할 수가 있다.

자작나무 숲이 하얀 백지가 되면 하늘 구름은 먹이

되고, 자작나무는 붓이 된다. 날이면 날마다 자작나무는 먹을 갈고 붓을 다듬는다. 언제, 어느 때나 찍고, 긋고, 맺기를 반복하지만, 그가 붓을 떼면 "기러기 한 마리/ 깃털에 묻은 먹을 털고 푸른 하늘로 날아오른다." 자작나무는 시인이 되고, 자작나무는 서예가가 되고, 자작나무는 그림을 그리는 화가가 된다. 이 시서화는 자연이 되고, 이 자연에서 모든 짐승들이 뛰어놀고, 뭇 새들이 날아 오른다.

앎은 '무에서 유'를 창출해내고, 자연이 이 앎(지혜)의 예술성을 모방한다. 자연도 아름답지만, 때로는 예술이 자연보다 더 아름다운 것이다. 자연의 아름다움은 외적인 아름다움이고, 예술의 아름다움은 내적인 아름다움이다. 자연의 아름다움은 놀랍지만 숭고하지 않은데, 왜냐하면 거기에는 인간의 정신이 각인되어 있지 않기 때문이다. 칸트의 말대로, 예술미, 혹은 숭고미는 인간이 인간의 삶을 찬양하고 옹호하는 예술이며, 이 예술의 힘에 의해서 자연의 재앙을 극복하고, 그토록 화려하고 찬란한 최고급의 문화를 펼쳐보이게 된 것이다.

박분필 시인의 「자작나무 自敍傳」은 시서화의 총화

이자 앎의 생산성의 극치라고 할 수가 있다. 불에 탈 때 자작자작 소리를 내는 자작나무는 자서전을 쓰는 시인이 되고, 이 시인은 지필묵을 벗삼아 시서화를 창출해내는 종합예술가가 된다. 눈부신 백지가 펼쳐지고, 하늘 구름이 먹물이 되면, 곧게 곧게 쭉쭉 뻗은 자작나무는 붓이 된다. 언어는 여백이 더 풍요로울 정도로 절제되어 있고, 이 절제된 언어들은 하늘을 날아오는 새떼들처럼 우화등선의 힘을 얻게 된다. 자작자작 찢어 흩뿌리는 분필의 힘, 이 고통의 생산성이 「자작나무 自敍傳」이라는 시를 탄생시킨 것이다.

박분필 시인의 「자작나무 自敍傳」은 빌 케이츠의 전 재산보다 더 소중한 경전이 되고, 이 경전은 모든 생명들의 삶의 터전이 되는 이상낙원이 된다. 아름다운 것은 숭고한 것이고, 숭고한 것은 전인류를 먹여 살린다.

독서중심의 글쓰기 교육은 더없이 즐겁고 신나는 공부이며, 세계적인 대작가들의 책에 빠져들면 십년을 하루처럼 살아가게 된다. 이 반면에, 주입식 암기교육은 더없이 지겹고 역겨운 공부이며, 주입식 암기교육을 받게 되면 하루를 십년처럼 지루하게 살아가게 된

다. 전자에서는 인류의 스승이, 후자에서는 천하의 대
사기꾼들이 탄생한다.

이화은
그해 여름 울었다

의사는 눈물샘이 말랐다는데
예약도 없이 한밤중에 자명종이 운다
불길한 징조다

채 여물지 않은 벼들이
병든 여자처럼 논바닥에 드러누웠다
낙과가 지구를 덮었다

국가가 재난을 선포했다

물고기들이 떼로 죽었다
모기가 사람을 물지 못한다
가로수 그늘이 바싹 말라 바스라진다
먼 나라 바다가 불타고 있었다

폭염이 내 눈물탓을 한다

아니야 아니야
국가에 전화를 걸었다
받지 않는다
지구에 전화를 걸었다
받지 않는다

무서워서 울었다 외로워서 펑펑 울었다
착해지지 않으려고 조금 더 울었다

죽은 꽃을 버렸다

느리게 아주 느리게
잊은 사람을 다시 잊었다

이화은 시인의「그해 여름 울었다」는 인간사회의 반대방향에서, 현대문명을 전면적으로 부정하고 있는 시이며, 이제는 더 이상 그 어떤 희망이나 구원의 손길도 미치지 않게 되었다는 것을 시사해준다. 더 이상 고통을 호소하거나 비명을 질러댈 눈물샘도 말라버렸지만, "예약도 없이 한밤중에 자명종이" 운다. 의사는 질병을 치료할 수 있는 구원자를 뜻하고, 자명종은 마비된 의식을 일깨워주는 경고음을 뜻한다. 하지만, 그러나 눈물샘이 마른 것은 의사도 치료할 수가 없고, 한밤중의 자명종마저도 유비무환의 최선의 방책을 알려주지 못한다.

왜, 무엇 때문에 눈물샘이 말랐고, 왜, 무엇 때문에 의사는 치유능력을 상실했으며, 왜, 무엇 때문에 한밤중의 자명종마저도 유비무환의 최선의 방책을 알려주지 못하고 있는 것일까?「그해 여름 울었다」는 홍조의

시선이며, 불길한 징조이고, 그토록 잔인하고 끔찍한 '말세론의 찬가'라고 할 수가 있다. 거기에는 다 그럴 만한 까닭이 있는데, "채 여물지 않은 벼들이/ 병든 여자처럼 논바닥에 드러누웠"고, 무차별적으로 떨어진 "낙과가 지구를 덮었"기 때문이다. 물고기들이 떼로 죽었고, 모기가 사람을 물지 못한다. 가로수 그늘이 바싹 말라 바스라지고, 먼 나라 바다가 불타고 있었다.

국가가 재난을 선포했고, 폭염이 내 눈물탓을 한다. "아니야 아니야/ 국가에 전화를 걸었다/ 받지 않는다/ 지구에 전화를 걸었다/ 받지 않는다." 국가에게 전화를 걸었지만 국가도 그 능력을 상실했고, 지구에게 전화를 걸었지만 지구도 그 능력을 상실했다. 한 여름이 미쳤고, 국가가 미쳤고, 지구가 미쳤다. 이 불볕 더위와 이 이상기후 앞에서 인간은 무서워서 울고, 외로워서 우는 어린아이에 지나지 않으며, 그럼에도 불구하고 착해지지 않으려고 더욱더 우는 불량배에 지나지 않았다. 너도 죽은 꽃이고, 나도 죽은 꽃이다. 예수도, 부처도 죽은 꽃이고, 국가도, 지구도 죽은 꽃이다.

자연은 인간의 삶의 터전이고, 이 자연이 무한히 크

고 넓은 것 같지만, 그러나 그 한계가 있다. 자연은 사시사철 무한히 변모를 거듭하고 수많은 생명체들이 새롭게 태어나고 죽어가지만, 그 에너지의 총량에는 변함이 없다. 자연은 개, 개인의 행복과 불행, 그리고 개, 개인의 탄생과 죽음에는 관심이 없고, 오직 종의 유지와 번성에만 관심이 있다. 초식동물이 나타나면 육식동물이 늘어나고, 육식동물이 늘어나면 초식동물이 줄어든다. 초식동물이 줄어들면 육식동물도 줄어들고, 육식동물이 줄어들면 초식동물이 늘어난다. 지구촌 생태계의 최상위 포식자는 인간이라는 잡식성 동물이며, 이 인간처럼 건강하고 튼튼한 소화기관을 지닌 동물은 일찍이 존재하지 않았다. 토끼와 멧돼지와 코끼리도 잡아먹고, 사자와 코뿔소와 호랑이도 잡아먹는다. 파리와 구더기와 나비도 잡아먹고, 백상어와 범고래와 북극곰도 잡아먹는다. 독사와 살모사와 전갈도 잡아먹고, 거북이와 지렁이와 스컹크도 잡아먹는다. 구리와 황금과 석회암도 씹어삼키고, 수은과 이산화탄소와 질소도 씹어삼킨다. 천년의 소나무와 강과 바다도 씹어삼키고, 히말라야 산맥과 도덕과 법률도 씹어삼킨다. 이 세상에서 못 먹는 것이 없고, 돈과 주식과 온갖 치

정과 모든 '자연의 법칙'도 씹어삼킨다.

야수 중의 야수이자 괴물 중의 괴물인 인간은 '휴머니즘'이라는 '대량살생무기'를 통해서, 마치 굶주림을 참지 못한 에릭직톤처럼 자기가 자기 자신의 살을 뜯어먹고 살아가게 되었다. 자연환경과 생태환경의 파괴는 우리 인간들이 자행하는 최악의 세계대전이며, 이제는 이 세계대전에서 너무나도 끔찍하고 비참한 패배를 하게 될 일만이 남았다.

홍수와 가뭄, 불볕더위와 혹한, 그리고 사나운 비바람과 폭설은 그 무엇을 뜻하는 것일까? 따지고 보면 지구촌의 인구는 20억 정도면 되고, 인간수명도 70세 정도면 더 이상 바랄 것이 없다. 만일 사자와 호랑이가 신이라면, 70세 이상의 유령들은 다 쏴 죽이고, 그리고 전체적으로, 지구촌의 종의 균형의 차원에서 50억 명 정도의 인간을 더 쏴 죽일 것이다. 이 지구촌에서 50억 명 정도의 인간이 사라진다면 하늘의 태양도 새롭게 떠오르고, 수많은 동식물들도 그 얼굴에 생기를 띠게 될 것이고, 모든 생명체들은 너무나도 기쁜 나머지 일년내내 춤을 추게 될 것이다.

홍수와 가뭄, 불볕더위와 혹한, 그리고 사나운 비바

람과 폭설은 이미 예정되어 있었던 것이고, '만물의 영장'이라는 우리 인간들의 오만방자함은 최악의 비명횡사로 보답을 받게 될 것이다. "휴머니즘이라는 대량살생무기로 야수 중의 야수이자 괴물 중의 괴물이 된 인간들아! 어디 한번 물폭탄, 가뭄폭탄, 불볕폭탄, 지진폭탄, 쓰나미 폭탄, 허리케인과 토네이도 폭탄맛 좀 보거라!" 자연의 질서를 거역한 우리 인간들의 만행의 대가는 인간이라는 종의 소멸까지도 감당해야 할 것이지만, 궁극적으로는 지구폭발이라는 대재앙으로 이어지게 될 것이다.

이화은 시인의 「그해 여름 울었다」는 문명비판의 차원에서 대단히 장중하고 울림이 큰 시이며, 최고급의 인식의 승리라고 할 수가 있다. 국가에게 전화를 걸었다는 것, 지구에게 전화를 걸었다는 것, 무서워서 울고 외로워서 펑펑 울고 더 이상 착해지지 않으려고 울었다는 것, 끝끝내 그 어떠한 구원의 손길도 필요없는 '죽은 꽃'이 되었다는 것은 그만큼 전지적이고 수직적이며, 더 이상의 군말이 필요없는 '말세론의 찬가'라고 할 수가 있다.

이소연
초록의 폭력

아무데서나 펼쳐지는 초록을 지날 때
머리에서 발끝까지
어떤 감정이 치밀어 오르는지

초록은 왜 허락없이 돋아나는가

귀가 없으므로

초록은 명령한다
초록은 힘이 세다

초록에 동의한 적 없습니다
초록을 거절합니다
초록이 싫습니다
합의 하의 초록이 아닙니다

"문란하구나"

누구에게 하는 말입니까?

"초록을 싫어하는 인간은 없다"

나를 떠메고 가는 바람이 없다는 것을 알아챈 오후
웃음을 열었다가 닫는다

툭, 불거지는 질문처럼
아, 내가 지나치게 피를 많이 가지고 있었구나

📖

현대사회는 '잔혹극의 무대'이며, 기계가 모든 일들을 다 싹쓸이 하고, 우리 젊은이들은 할 일이 없게 되었다. 사물 인터넷, 무인자동차, 3D프린팅, 인공지능 AI, 감정로봇과 산업로봇, 전산업의 자동화 등이 그것이며, 소수의 자본가들을 제외하고는 대부분의 젊은이들이 만성적인 실업자로 할 일이 없게 되었다. 어린 아이의 탄생은 축복이 아닌 저주가 되었고, 그 어떠한 잔혹극보다도 더욱더 끔찍한 희생양이 되었다.

잔혹극, 온갖 치정과 이전투구와 온갖 권모술수와 음모가 다 동원되는 잔혹극, 아버지도 어머니도 몰라보는 잔혹극, 언니와 오빠도 몰라보는 잔혹극, 친구도 없고 선생도 몰라보는 잔혹극―. 나는 내가 아니고, 나를 잃어버린 내가 그 모든 인간 관계를 파괴시키며, 마치 음지식물처럼 원룸이라는 독안에서 서서히 시들어 가고 말라 죽어간다. 붉디 붉은 피가 아닌 창

백한 피, 단 한 방울의 피도 남기지 않고 낙엽처럼, 먼지처럼 서서히 사라져 가는 우리 젊은이들은 더 이상 인간이 아니다.

초록은 생명이었고, 초록은 젊은이였으며, 초록은 꿈이었다. 초록은 천하무적의 용기였고, 초록은 사랑이었으며, 초록은 순수, 그 자체였다. 하지만, 그러나 이 초록의 가치와 상징이 이제는 무차별적인 폭력이 되었고, 우리 젊은이들은 이 초록의 폭력과 이 초록의 이념 앞에서 무한한 고통과 쓰디쓴 신음을 토해내지 않으면 안 되었다. 오늘도 "초록은 명령한다", 왜냐하면 "초록은 힘"이 세기 때문이다.

나는 누구이며, 나는 왜, 살아가고 있는 것일까? 내가 나를 모른다는 것도 고통이고, 끊임없이 원룸이라는 독안에 갇혀 살아야 하는 것도 고통이다. 꿈의 상실도 고통이고, 희망의 상실도 고통이며, 모든 인간 관계의 파탄도 고통이다. 우리 젊은 시인인 이소연은 이렇게 말한다. "초록에 동의한 적 없습니다/ 초록을 거절합니다/ 초록이 싫습니다/ 합의 하의 초록이 아닙니다." "아무데서나 펼쳐지는 초록을 지날 때"에는 학교에서, 마을에서, 지하철에서, 그 어디에서나 만나는 젊

은이들을 말하고, "머리에서 발끝까지/ 어떤 감정이 치밀어 오르는지"는 "초록은 왜 허락없이 돋아나는가"라는 시구에서처럼, 그야말로 폭발 직전의 무서운 분노를 뜻한다. 초록이 초록을 싫어하는 질병, 즉, 젊은이가 젊은이를 싫어하는 이 '초록 혐오증'에 대해서, 우리 늙은이들은 기존의 낡디 낡은 '보수꼴통의 의자'에 앉아서 "초록을 싫어하는 인간은 없다"라고 일벌백계의 윤리적 공갈포를 쏘아댄다.

초록은 문란하고, 우리 젊은이들은 기존의 질서와 미풍양속을 살해하는 파렴치범이 되었다. 초록은 더없이 억울하기만 한데, 왜냐하면 우리 젊은이들이 파렴치범이 된 것이 아니라, 모든 인간의 권리를 다 빼앗아 간 기계가 더욱더 파렴치하기 때문이다. TV의 노예가 되었고, 비디오의 노예가 되었으며, 음향기기의 노예가 되었다. 핸드폰의 노예가 되었고, 컴퓨터의 노예가 되었으며, 자동차의 노예가 되었다. 이미, 오래 전에 인간은 다 죽었고, 기계가 기계의 꿈대로 기계의 세상을 창출해냈다. "나를 떠메고 가는 바람이 없다"는 것은 순풍에 돛달 배가 없다는 것을 뜻하고, "툭, 불거지는 질문처럼/ 아, 내가 지나치게 피를 많이 가지고 있

었구나"라는 시구는, 우리 젊은이들의 맑고 싱싱한 피가 아무런 쓸모도 없게 되었다는 것을 뜻한다.

초록은 그 싹이 노랗고, 초록은 모태 기형아였다. 초록은 탄생부터 불구자였고, 초록은 더 이상 초록이 아니었다. 이 기계의 세상 속에서, 그러나 초록의 폭력을 행사하는 자는 자본가이며, 그토록 낡고 낡은 가치관과 이념을 지닌 '보수꼴통', 즉, 우리 늙은이들이라고 할 수가 있다. 우리 보수꼴통, 우리 늙은이들은 자기 자신들이 돈의 노예와 기계의 노예라는 신분을 망각하고, 아직도, 여전히 초록의 탈을 쓴 채, 우리 젊은이들을 개같이 학대하고 억압하며, 끝끝내는 우리 젊은이들의 꿈과 미래의 희망을 다 빨아먹는다. 우리 늙은이들이 모든 부를 다 독점하고, 우리 늙은이들이 모든 복지비용을 다 삼키고, 우리 늙은이들이 우리 젊은이들보다 더욱더 오래, 더욱더 영원히 산다.

이소연 시인의 「초록의 폭력」은 '초록의 폭력'이 펼쳐지는 '잔혹극의 무대'이며, 그 어떠한 피 비린내 나는 전쟁과 싸움보다도 더욱더 잔인한 잔혹극이 펼쳐지는 무대이다.

할 일이 없다는 것, 먹고 살 길이 막막하다는 것, 아

버지, 어머니, 할아버지, 할머니, 친구, 형제, 동료 등,
모든 인간 관계가 파탄나고, 원룸이라는 독안에서 서
서히 썩어가거나 말라 비틀어져 간다.

　잔혹극—, 초록은 죽었고, 우리 늙은이들만이 살아
남았다.

반칠환

삶

벙어리의 웅변처럼
장님의 무지개처럼
귀머거리의 천둥처럼

말 못하는 벙어리가 타인을 이해하고 설득시키는 웅변가가 될 수도 없고, 앞 못 보는 장님이 칠색 영롱한 무지개를 볼 수도 없고, 그 어떤 소리도 들을 수 없는 귀머거리가 하늘벼락인 천둥소리를 들을 수도 없다.

　삶이란 하나의 신기루이며, 다만 덧없고 부질없는 몽환 속을 살다가 가는 것인지도 모른다.

　하지만, 그러나 "벙어리의 웅변처럼/ 장님의 무지개처럼/ 귀머거리의 천둥처럼" 다만, 덧없고 부질없는 것일지라도 그 기적에 대한 소망이 없다면 우리가 이 험한 세상을 어떻게 살아가겠는가?

　반칠환 시인의 「삶」은 '언어 절제의 진수'이며, 단 삼행의 시를 통해서 이 세상의 삶을 고무 찬양한 시라고 할 수가 있다. 왜냐하면 "벙어리의 웅변처럼/ 장님의 무지개처럼/ 귀머거리의 천둥처럼" 아주 간단 명료하면서도, 둥둥둥 북을 치는 듯한 리듬과 그 역동적인 가

락이 만인들의 심금을 울리고 있기 때문이다.

삶이란 웅변이고, 무지개이며, 하늘의 천둥소리이다.

시는 낙천주의를 양식화시킨 것이다.

김환식

먼 산은 자꾸 끄무레했다

흐릿하다
궂은 날씨도 아닌데
또 안경을 닦아야 했다
황사 때문만은 아니다
사유의 초점을 교정했는데
먼 산이 자꾸 끄무레했다
손수건으로 눈시울을 닦았다
앞을 못 보는 것도 아니다
안경을 끼고도 답답하기는
마찬가지다
어렴풋이나마 짐작이 된다
입김을 불어 안경을 닦듯
사유의 거울을 또 닦았다
하지만
먼 산은 자꾸 끄무레했다

김환식 시인의 시는 아주 간단 명료하면서도 이 '명료함의 극치' 속에 대단히 깊이가 있고 철학적인 사유를 각인시켜놓고 있다고 해도 과언이 아니다. 명료하다는 것은 아주 어렵고 복잡한 문제마저도 아주 간단하고 쉽게 풀어나가고 있다는 것을 말하고, 철학적이라는 것은 '지혜사랑'을 통하여 아주 간단하고 쉬운 문제들로부터 더욱더 어렵고 복잡한 문제들을 풀어나가고 있다는 것을 말한다.

가령, 예컨대 "먼 산은 자꾸 끄무레했다"는 것은 육체의 눈이 침침하고 흐려졌다는 것을 뜻하지만, 그러나, 다른 한편, 그의 사유의 눈이 침침하고 흐려졌다는 것을 뜻한다. "손수건으로 눈시울을" 닦아도 "먼 산은 자꾸 끄무레"해졌고, "사유의 초점을 교정했는데"도 "먼 산은 자꾸 끄무레"해졌다. 이 진퇴양난의 어려움 속에서, 그의 반성과 성찰은 안으로 향할 때도 있고,

다른 한편, 그의 반성과 성찰은 밖으로 향할 때도 있다. 전자는 자기 비판이 되고, 후자는 사회 비판이 된다. 이처럼 비판은 모든 철학적 사유의 최종심급이며, 이 비판의 능력을 상실했다는 것은 이미 자기가 자기 스스로의 사망선고를 했다는 것이 된다. 사유의 눈은 비판의 눈이며, 이 비판의 눈이 없으면 모든 시의 숨통이 끊어지게 된다.

김환식 시인의 「먼 산은 자꾸 끄무레했다」라는 시는 진퇴양난의 어려움, 즉, 사유의 눈이 침침해졌다는 것을 뜻하고, 그가 그 진퇴양난의 어려움을 극복하고자 그의 사유의 거울을 닦고, 또 닦고 있다는 것을 뜻한다.

김환식 시인은 지혜를 사랑하는 시인이면서도 끊임없이 이 사회와 자기 자신을 반성하고 성찰하는 비판철학자라고 할 수가 있다.

한국의 모든 혁명은 가짜 혁명이며, 우리 한국인들은 이 혁명을 연출해내고 완성해낼 능력이 없었다. 4.19혁명에 의하여 민주주의가 완성되었고, 촛불혁명에 의하여 사회 정의가 완성되었는가? 전국토에 쓰레

기 하나 없게 만드는 것, 부의 대물림을 뿌리뽑는 것, 뇌물받는 관리가 단 한 명도 없게 만드는 것, 세계 제일의 일등국가를 만드는 것—, 바로 이것이 진정한 혁명의 목표가 되어야 한다.

오늘날 세계 속에서 우리 한국인들이 '인간다운 인간 대접'을 받는다는 것은 천지창조를 하는 것보다도 더 어렵게 되어 있다.

농부는 농업의 신을 믿고, 양치기는 양치기 신을 믿고, 어부는 어부의 신을 믿는다.

우리 한국인들은 오천 년의 역사를 지닌 농부의 후손이지만, 이제는 양치기의 신인 예수를 믿는다.

농부가 양치기의 신을 믿는다니—, 내가 양치기의 신인 예수라면 우리 한국인들의 목부터 베어버릴 것이다.

이 바보, 이 철부지, 이 어릿광대들이 인간의 삶을 살고 있다는 것은 전체 인류의 치명적인 불명예에 속한다.

미국이나 일본이나 중국 앞에서, '나는 나다'라고 말

할 준비가 되어 있지 못한 민족, 복종하는 능력만을 타고 났지, 영원한 제국의 신민으로서 명령하는 능력만은 철저하게 거세된 민족—.

우리 한국인들의 사유의 초점이 흐려졌다는 것은 안경탓이 아니고, 노예민족이라는 유전적 결함 때문일는지도 모른다.

양선희
대략난감

저 라일락은 봄밤에 나를 부르는 나무야. 꽃향기를 맡으면 근심이 다 사라져.

볼 때마다 빛의 기교에 경탄을 더하게 돼.

저 직박구리는 꽃을 먹는 새야. 내 창가에 가지 쭉 뻗은 나무에 벚꽃 꿀을 따먹으러 와.

저 구멍은 딱따구리 집이야. 여기 집 구하러 왔을 때 저 나무에 집을 짓고 있었어.

저 어린이놀이터 축대 밑에는 청설모가 살아. 가을에 잣송이를 갖다 놓으면 나와서 물고 들어가.

저 플라타너스에 까치집 보이지? 까치가 나뭇가지

꼭대기에 집을 짓는 곳은 바람이 사납게 불지 않는대.

저 양지바른 곳은 고양이 놀이터야. 볕이 좋을 때마다 아파트 지하에서 나온 녀석들이 일광욕을 하며 졸아.

저 텃밭의 푸성귀들 정말 싱싱하지?

저 목련나무와 오리나무 사이에 빨랫줄 보이지? 풍향을 알 수 있는 곳이지.

저 청년들은 이웃이야. 캄보디아에서 왔어. 쉬는 날에는 운동장에서 축구를 해.

저 아주머니는 통장이야.

저 풍경들 다 갈아엎고, 이제 새 아파트를 올린다고 하네.

천사란 더없이 거룩하고 성스러운 존재로 신성한 영역과 세속적인 영역을 이어주는 사자使者의 역할을 담당한다. 천사는 신의 사자이며, 어렵고 힘든 일에 처했을 때, 개인이나 국가를 구원해주는 역할을 담당한다. 하지만, 그러나 신은 존재하지 않으며, 이제는 천사마저도 그 설 땅을 잃어버렸다. 양선희 시인의 「대략난감」은 천사적 관점으로 씌어진 시이며, '존재론적 위기'에 빠진 천사가 이러지도 저러지도 못하는 상황을 보여준다. 대략난감은 진퇴양난이고 속수무책이며, 대략난감은 지옥의 급행열차를 탄 것을 말한다.

　때는 사월의 봄날이고, 장소는 오래된 아파트와 단독주택들이 있는 근린동산이다. 근린동산에는 어린이 놀이터도 있고, 운동장도 있으며, 수많은 동식물들이 인간과 함께 살고 있다. 라일락은 봄밤에 나를 부르는 나무이고, 그 꽃의 향기를 마시면 온갖 근심이 다 사라

진다. 봄밤에 라일락을 볼 때마다 그 빛의 기교(꽃의 색깔)에 경탄을 하게 되고, 직박구리는 꽃을 먹는 새이며, 벚꽃이 필 때면 벚꽃 꿀을 따먹으러 온다. 저 구멍은 딱따구리 집이고, 내가 이곳에 집을 구하러 왔을 때, 저 나무에 집을 짓고 있었다. 어린이 놀이터에는 청설모가 살고 가을에 잣송이를 갖다 놓으면 청설모가 잣송이를 물고 간다. 저 플라타너스에는 까치집이 있고, 까치가 나뭇가지에 집을 짓는 곳은 바람이 사납게 불지 않는다. 저 양지바른 곳은 고양이 놀이터이고, 볕이 좋을 때마다 아파트 지하에서 나온 고양이들이 일광욕을 즐긴다. 저 텃밭 푸성귀들은 정말로 싱싱하고, 목련나무와 오리나무 사이에 있는 빨랫줄은 바람이 불 때마다 그 풍향을 가리켜 준다. 저 청년들은 캄보디아에서 온 노동자들이고, 그들은 쉬는 날마다 운동장에서 축구를 한다.

　근린동산은 이상낙원이고, 모든 것이 다 갖추어져 있고, 어느 것 하나 모자라는 것이 없다. 라일락, 직박구리, 벚나무, 딱따구리, 어린이 놀이터, 청설모, 잣나무, 플라타너스, 까치집, 고양이 놀이터, 텃밭, 목련나무, 오리나무, 캄보디아 청년들, 운동장 등이 바로 그

것이며, 자유와 평화와 사랑을 외치지 않아도 어느 누구 하나 행복하지 않은 사람이 없다. 모든 것이 예정되어 있고, 라이프니츠의 말대로, 언제, 어느 때나 최선의 세계로 짜여져 있다. 모든 것이 가능한 세계, 즉, 양선희 시인이 이 근린동산에 집을 마련한 것도 다 그럴 만한 까닭이 있었기 때문이다.

하지만, 그러나 저 사납고 무서운 악마의 발톱이 그 마수를 뻗쳐오게 되었는데, 왜냐하면 통장 아주머니의 말에 의하면, "저 풍경들 다 갈아엎고, 이제 새 아파트를" 올리게 되었기 때문이다. 새 아파트를 올린다는 것은 낡디 낡은 아파트를 헐어버린다는 것을 뜻하고, 인간중심주의와 그 싸늘한 이기주의를 위하여 만물의 터전인 이상낙원(근린동산)을 모조리 파헤친다는 것을 뜻한다. 역사와 전통을 존중하면 문화선진국민이 되고, 역사와 전통을 존중하지 않으면 후진국민이 된다. 인간은 수많은 '자연의 원주민' 중의 하나이며, 따라서 인간의 마음대로 자연을 파괴하고 그 소유권을 주장할 수가 없는 것이다. 이기주의는 악마의 존재 근거이고, 자연주의는 천사의 존재 근거이다. 양선희 시인의 「대략난감」은 이상낙원의 비명 소리이자 천사의 비명 소

리라고 할 수가 있다. 양선희 시인의 「대략난감」은 군더더기가 하나도 없는 천사의 목소리로 되어 있으며, 바로 이곳이 이상낙원인 것을 모르는 인간의 야만성을 고발하는 시라고 할 수가 있다. 이상낙원은 머나먼 곳에 있지 않고 바로 여기에 있다. 이상낙원이 더욱더 아름답고 풍요로운 것은 이상낙원이, 또한, 그만큼 무자비하게 파괴될 위험성이 있기 때문이다.

최혜옥

왼손의 哀歌

한날한시
그대 서늘한 왼쪽에 나는
같은 사명을 안고 태어났지

그대가 거칠 것 없는 큰손으로 자라는 동안
안팎의 대소사를 치르는 동안
난 굼뜨고 어눌하게
그대의 들러리로 애쓰고 있었지

나의 어설픔을 한 번도 비난하지 않고
눈을 흘기지도 않은 당신
위험에 앞장서다 큰 화를 입은 지난 겨울에도
달려가 이마 한 번 짚어 준 내 손길을
눈시울 붉히며 고마워만 했었다

그대 향한 부러움은 열등감이 되고
자포자기를 거쳐 달관된 왼손으로 거듭나기까지
그대는 아무것도 눈치도 채지 못했어
의젓하게 큰 손이 되어
자기 몸처럼 아껴줄 뿐이었어

나 그대만한 군자를 본 적이 없다
친애하는 오른손이여

그대 서늘한 왼쪽에서 다소곳이
함께 잠들리라
한날한시

한날한시 똑같은 사명을 갖고 태어난 쌍둥이일지라도 그들의 성격과 취향과 능력은 다르며, 한 사람이 영광의 월계관을 쓰면 다른 한 사람은 치욕의 월계관을 쓰게 된다. 이 영광과 치욕 사이에는 온갖 중상모략과 질투와 시기와 그리고 진심으로 서로를 존경하거나 위로하고 도와주는 사회적 관계들이 형성된다.

　만년 주연배우와 만년 조연배우, 이 주연과 조연의 관계는 대부분이 오른손과 왼손의 관계와도 같다. 최혜옥 시인의 「왼손의 哀歌」는 왼손의 한을 극복하고, 주연보다도 더 빛나는 조연배우의 노래라고 할 수가 있다.

　그대가 거칠 것 없는 큰손으로 자라는 동안, 언제, 어느 때나 굼뜨고 어눌하게 그대의 들러리로 살아왔던 조연배우, 그러나 나의 어설픔을 한 번도 비난하지 않고 눈을 흘기지도 않은 주연배우, 늘, 나를 비롯한 모

든 사람들을 위해 앞장을 서다 큰 화를 입고도 "이마 한 번 짚어 준 내 손길에/ 눈시울 붉히며" 더 고마워만 했던 주연배우, "그대 향한 부러움이 열등감이 되고/ 자포자기를 거쳐 달관"했어도 나의 못남을 탓하지 않고, "의젓하게 큰 손이 되어/ 자기 몸처럼 아껴"준 주연배우—. 하지만, 그러나 "친애하는 오른손이여" "나 그대만한 군자를 본 적이 없다"라는 조연배우의 노래는 그 어떠한 주연배우도 따라올 수 없는 영원불멸의 노래가 되었다고 하지 않을 수가 없는 것이다.

한날한시 똑같은 부모로부터 태어나, 똑같은 사명을 부여받았지만, 사회적 관습과 전통으로 인하여 오른손과 왼손이라는 역할을 부여받고 정반대의 길을 걸어왔던 운명, 하지만, 그러나 자기 자신의 자존심과 그 모든 것을 다 버리고, "친애하는 오른손이여" "나 그대만한 군자를 본 적이 없다"라는 조연배우의 노래가 없었다면, 과연 어떻게 주연배우가 주연배우로서 홀로 설 수가 있었단 말인가?

인류의 역사상 가장 위대한 사상가였던 마르크스 역시도 그의 친구였던 엥겔스의 경제적 도움이 없었다

면 두 발로 설 수가 없었을 것이고, 인류의 역사상 가장 위대한 화가였던 반고호 역시도 그의 동생 테오의 경제적 도움이 없었다면 두 발로 설 수가 없었을 것이다. 언제, 어느 때나 최종심급은 경제이고, 엥겔스와 테오가 만년 주연배우였다면, 마르크스와 반고호는 만년 조연배우의 한을 딛고, 그 한을 씹으며, 전인류의 스승으로서 우뚝 설 수가 있었던 것이다. 지금 이 순간에도 '만국의 노동자여 단결하라'는 마르크스의 음성이 울려퍼지고 있는 가운데, 수많은 까마귀들이 반고호의 영혼처럼 보리밭을 날아오른다. 만년 조연배우가 영원한 주연배우가 되고, 만년 주연배우가 영원한 조연배우가 된다.

주연배우를 향한 부러움이 열등감이 되고, 자포자기가 달관이 되는 조연배우야말로, 그러나 달리 생각해 보면 주연보다도 더욱더 성스러운 조연배우이며, 이 조연배우가 없다면 감히 어떻게 주연배우가 그토록 고귀하고 위대한 업적을 쌓고, 수많은 사람들의 영광의 월계관을 쓸 수가 있었단 말인가?

모든 위대함의 기원은 열등의식이며, 열등감의 잠재성과 열등감의 성실성이 「왼손의 哀歌」라는 영원불멸

의 시를 탄생시키고, 조연배우를 영원한 주연배우로 끌어올리는 전대미문의 기적적인 일을 해냈던 것이다.

언제, 어느 때나 타인의 도움 아래 살아갈 수밖에 없었던 약자의 슬픔, 언제, 어느 때나 호탕하고 어렵고 힘든 사람들을 도와주며 살아가고 싶지만, 그러나 그 능력을 지니지 못한 자의 슬픔, 영원히 갚을 수 없는 빚의 무게에 짓눌려서 오직 자기 자신의 무능을 탓하며, 그러나 자기 자신의 장점을 살려나갔던 조연배우들, 늘, 모자라고 부족했기 때문에 자만하지 않고 천릿길도 한 걸음부터라는 신념 하나로 묵묵히 걸어갔던 조연배우들, 오직 극소수의 주연배우들을 하늘처럼 떠받들며, 그러나 그 극소수의 주연배우들보다 더욱더 하늘을 감동시켰던 조연배우들—!!

재능보다는 성실이 앞서고, 두 눈에 보이는 영광의 월계관보다는 하늘을 감동시키는 자가 언제, 어느 때나 최종적인 승리를 거두게 된다.

최혜옥 시인의 「왼손의 哀歌」는 조연배우의 한을 극복해낸 '왼손의 미학'의 전범이라고 할 수가 있다.

반경환

반경환은 1954년 충북 청주에서 태어났으며, 1988년 『한국문학』 신인상과
1989년 『중앙일보』 신춘문예로 등단했다. 반경환의 저서로는 『시와 시인』,
『행복의 깊이』 1, 2, 3, 4권, 『비판, 비판, 그리고 또 비판』 1, 2권, 『반경환 명
시감상』 1, 2, 3, 4권, 『이 세상에서 가장 아름다운 명문장들』 1, 2권, 『반경
환 명구산책』 1, 2, 3권이 있고, 『반경환 명언집』 1, 2권, 『사상의 꽃들』 1, 2,
3, 4권 등이 있다.

이 『사상의 꽃들』은 '반경환 명시감상'으로 기획된 것이지만, 보다 새롭고 좀 더
쉽게 수많은 독자들에게 다가가기 위한 포켓북이라고 할 수가 있다. 사상은 시
의 씨앗이고, 시는 사상의 꽃이다. 그는 시를 철학의 관점에서 이해하고, 철학
을 예술(시)의 관점에서 이해한다. 그의 글쓰기의 목표는 시와 철학의 행복한
만남을 통해서, 문학비평을 예술의 차원으로 끌어올리는 것이다. 따라서 반경
환의 문학비평은 다만 문학비평이 아니라 철학예술이라고 할 수가 있는 것이다.
시는 행복한 꿈의 한 양식이며, 낙천주의를 양식화시킨 것이다.

이메일 : bankhw@hanmail.net

사상의 꽃들 5
반경환 명시감상 9

초 판 1쇄 발행 2019년 5월 15일
지은이 반경환
펴낸이 반송림
펴낸곳 도서출판 지혜
편집디자인 김지호
주 소 34624 대전광역시 동구 태전로 57, 2층 (삼성동)
전 화 042-625-1140
팩 스 042-627-1140
전자우편 ejisarang@hanmail.net
애지카페 cafe.daum.net/ejiliterature

ISBN : 979-11-5728-325-5 02810
값 10,000원

대전문화재단

* 본 사업은 대전광역시, 대전문화재단에 지원을 받아 제작되었습니다.

KB099104